秦少游词精品

《秦少游诗词文精品》丛书 主编 程郁缀 朱惠国

谢 燕 ◎ 编注

华东师范大学出版社

目录

总序	1
前言	1
望海潮(星分牛斗)	1
望海潮(秦峰苍翠)	4
望海潮(梅英疏淡)	7
水龙吟(小楼连远横空)	11
八六子(倚危亭)	15
风流子(东风吹碧草)	20
梦扬州(晚云收)	23
一丛花(年时今夜见师师)	26
满庭芳(山抹微云)	28
满庭芳(红蓼花繁)	33
满庭芳(碧水惊秋)	35
江城子(西城杨柳弄春柔)	37
鹊桥仙(纤云弄巧)	39
菩萨蛮(虫声泣露惊秋枕)	42

减字木兰花（天涯旧恨）	44
画堂春（落红铺径水平池）	46
千秋岁（水边沙外）	48
踏莎行（雾失楼台）	52
蝶恋花（晓日窥轩双燕语）	56
丑奴儿（夜来酒醒清无梦）	58
浣溪沙（漠漠轻寒上小楼）	60
浣溪沙（香靥凝羞一笑开）	62
浣溪沙（霜缟同心翠黛连）	64
浣溪沙（锦帐重重卷暮霞）	65
如梦令（门外鸦啼杨柳）	67
如梦令（遥夜沉沉如水）	69
如梦令（幽梦匆匆破后）	71
如梦令（楼外残阳红满）	72
如梦令（池上春归何处）	73
阮郎归（褪花新绿渐团枝）	75
阮郎归（宫腰袅袅翠鬟松）	76
阮郎归（潇湘门外水平铺）	78
阮郎归（湘天风雨破寒初）	80
满庭芳（北苑研膏）	83
满庭芳（晓色云开）	87
桃源忆故人（玉楼深锁薄情种）	90
调笑令（并诗）·王昭君	92
调笑令（并诗）·乐昌公主	95
调笑令（并诗）·无双	98
调笑令（并诗）·灼灼	100

调笑令(并诗)·盼盼	102
调笑令(并诗)·采莲	104
虞美人(碧桃天上栽和露)	106
虞美人(行行信马横塘畔)	108
点绛唇(醉漾轻舟)	109
点绛唇(月转乌啼)	111
临江仙(千里潇湘挼蓝浦)	112
好事近(春路雨添花)	115
如梦令(莺嘴啄花红溜)	118
木兰花慢(过秦淮旷望)	120
御街行(银烛生花如红豆)	122
阮郎归(春风吹雨绕残枝)	124
画堂春(东风吹柳日初长)	126
海棠春(流莺窗外啼声巧)	128
忆秦娥(暮云碧)	130
菩萨蛮(金风簌簌惊黄叶)	132

总序

承程郁缀教授、朱惠国教授青睐,以为余研治秦观有年,在他们主编的《秦少游诗词文精品》即将付梓之时,嘱写一篇序言。两先生分别来自北京大学、华东师范大学两所名校,在学术界颇负盛名,自前年开始,接任全国秦少游学术研究会正副会长,颇想有所作为。《秦少游诗词文精品》一套小丛书便是在两位先生的倡议和主编下的一项成果。盛情难却,余不揣谫陋,以衰朽之年,笨拙之笔,勉成此文,介绍秦观的生平、思想与创作,庶几可供读者做一些参考。

秦观,字少游,一字太虚,别号淮海居士,扬州高邮(今属江苏)人。生于宋仁宗皇祐元年(1049),卒于宋徽宗元符三年(1100)。他是我国宋代文学的杰出作家,多才多艺,在诗词文赋方面均有重要成就。现存《淮海集》四十卷、《后集》六卷、《淮海居士长短句》三卷,为其思想和艺术的结晶。

秦观出生在高邮东乡(今三垛乡)一个耕读之家。青少年时期,慷慨豪隽,强志盛气,十分仰慕郭子仪、杜牧的为人,立志杀敌疆场、收复故土。一时愿望难以实现,便度过一段漫游生活。三十岁前后,曾到历阳(今安徽和县)、徐州(今属江苏)、会稽(今浙江绍兴)省亲访友,探古揽胜。家居期间,时而"杜门却扫,日以文史自娱;时复扁舟循邗沟而南,以适广陵"[1];有时也会寄迹青楼,并以其词作"酬妙舞轻歌"[2]。秦观于神宗元丰八年(1085),中进士,先除定海主簿,未赴任,寻授蔡州教授。这一年神宗去世,哲宗继位。翌年改元元祐,主张变法的新党代表人物王安石不久也病故,国家政局发生重大变化。由于哲宗年幼,朝中大政一切听命于高太后。司马光、吕公著等旧派人物得以重用。元祐二年(1087),苏轼以"贤良方正"向朝廷推荐秦观,不幸为忌者所中,只得引疾回到蔡州。直到元祐五年五月,才以范纯仁之荐,被召到京师,除太学博士,秘书省校对黄本书籍。元祐六年迁正字,但在洛蜀两党的斗争中,依附蜀党的秦观遭到洛党贾易的攻击,以行为"不检"罢去正字。过了二年,方始迁为国史院编修,授宣德郎。汴京三年,是秦观一生中最为得意的时期。他和黄庭坚、张耒、晁补之同游苏轼之门,人称"苏门四学士",而苏轼"于四学士中最善少游",对他的文章"未尝不极口称善"[3]。

高太后去世,政局又变。绍圣元年(1094),哲宗亲政,新党重新上台,旧党纷纷遭到打击。苏轼先贬惠州(今属广东),再贬琼州(今属海南)。秦观也因"影附"苏轼而出为杭州通判,又因御史刘拯告他增损《神宗实录》,道贬处州,任监酒税的微职。绍圣三年(1096),又以写佛书被罪,贬至郴州(今属湖南)。在郴州住了一年,奉诏编管横州(今广西横县),次年又自横州徙雷州(今广东海康)。在"南土四时尽热,愁人日夜俱长"[4]的境遇中,他预感到生命不会长久,便为自己写了挽词。元符三年

（1100）五月，新接位的徽宗下了一道赦令，苏轼自海南量移廉州，途经海康，和他见了一面。随即他自己也被放还。当年八月十二日，醉卧藤州（今广西藤县）光华亭上，溘然长逝。终年五十二岁。秦观一生事迹已被编入拙著《秦少游年谱长编》，此处不再详细展开。

秦观与苏轼一样，一生起伏均与北宋的党争有关。神宗熙宁间王安石变法，动机不可谓不好，然而旧党人物如文彦博、富弼、司马光、吕公著、孙觉、李常以及苏轼等对此均持不同政见，纷纷予以反对。而且新法在执行中，又暴露出不少弊端，并出现了一些以权谋私的官吏，于是没有多久就趋于失败。王安石变法时，秦观才二十二岁，尚居家读书，未及参预政治。他仅是在元丰初所写的《田居四首》诗中涉及青苗法、市易法等推行后的影响，如云："倒筒备青钱，盐茗恐垂橐。明日输绢租，邻儿入城郭。""辛勤稼穑事，恻怆田畴语。得谷不敢储，催科吏旁午。"虽是批评，语气比较温和，同苏轼"新法清平那有此，老身穷苦自招渠"[5]，"岂是闻韶解忘味，迩来三月食无盐"[6]相比，自是不可同日而语。到了元丰七年，王安石新政失败，退居金陵半山，东坡自黄州量移汝州，遂捐弃前嫌，前往探望。离开后，东坡又写信向王安石推荐秦观，王安石热情地回了信，说："公奇秦君，口之而不置。我得其诗，手之而不释。"[7]可见他们当时已消除了党争成见，言归于好。但秦观对王安石新法并不完全排斥，元祐三年应制科所上的策论，既不反对新党的免役法，也不反对旧党的差役法，而是建议"悉取二法之可用于今者，别为一书，谓之元祐役法"[8]。唯有科举法的改革（神宗熙宁四年从王安石议，罢诗赋，停制科，专以经义、论、策取士），触及了秦观的个人利益，常常引起他的不满。如《次韵邢敦夫秋怀十首》之九云:"祖宗举贤良,充赋多名儒。执事恶言者,此科为之无。"他在元丰中为了应举,不得不学习王安石所制定的《三经新义》,每每牢骚满腹。这时的思想,颇与苏轼《答张文潜县丞书》所说的"王氏欲以其学同天下……弥望皆黄茅白苇,此则王氏之同也"相似。

在秦观的文章中,有一篇《李公择行状》骂王安石极为厉害,如云:"是时,王荆公辅政,始作新法,谏官御史论不合者,辄斥去。……时荆公之子雱与温陵吕惠卿,皆与闻国论。凡朝廷之事,三人者参然后得行。公言陛下与大臣议某事,安石不可则移而不行;安石造膝议某事,安石承诏颁焉,吕惠卿献疑则反之。诏用某人,安石、惠卿之所可,雱不说则又罢之。孔子曰:'禄去公室'、'政在大夫'、'陪臣执国命',今皆不似之耶?"也就是说彼时三人小集团把持朝政,而吕惠卿舆王雱反而凌驾于作为宰相的王安石之上。

元祐二年,旧党分裂。是时吕公著为相,群臣以类相从,遂有洛党、蜀党、朔党之说。洛党以程颐为首,蜀党以苏轼为首,朔党以刘挚、梁焘等为首。新党人物大都在野,他们冷眼旁观,伺机报复。秦观当然站在他的老师苏轼一边。因此便成了洛党攻击的靶子。元祐三年,秦观应制科(即贤良方正能言极谏科),所上策论中有《朋党》上下篇,其中不少议论为党争而发。他要求皇帝"不务嫉朋党,务辨邪正而已"。言外之意,便是影射洛党为邪党,而蜀党为正党。于是他便遭到洛党的攻讦,与黄庭坚、王巩一起,皆被"诬以过恶"[9],落第而归。元祐七年七月,秦观由秘书省校对黄本书籍迁正字。此时洛党的朱光庭、贾易转而投靠以宰相刘挚为首的朔党以干进。贾易率先上了一章,"诋观不检之罪"[10],又弹劾苏辙"阴使秦观、王巩往来奔走,道达音旨,出力以逐许将"(11)。于是秦观为正字二月而罢。可见在洛蜀之争中,秦观被卷入很深,所受的打击也很惨。

绍圣元年(1094),哲宗亲政,倡言绍述,起用新党,旧党中任何一派皆被斥逐。此时秦观也被逐出京,名列元祐党人碑"馀官"之首,最后卒于藤州。秦观的前途和生命,就在惨烈的党争中葬送了。

在政治思想上,秦观也和苏轼一样,同时受到儒释道三家的影响,比较复杂。他自小学习《论语》《孟子》,后来迫于应举求禄仕,又习王安石所制定的《三经新义》。因此儒家思想成了他的基本思想。另外,家庭信佛,对他也有影响。他说:"余家既世崇佛氏"(12);"蹇吾妙龄,志于幽玄"(13)。元丰七年,苏轼荐秦观于王安石,说他"通晓佛书",王安石答书也说"又闻秦君尝学至言妙道"。可见早在青少年时期,他就比较全面地接受儒佛道三方面的教育。

儒家思想积极的一面是"齐家治国平天下",少游大半生似以这一思想为指导。他曾说:"往吾少时,如杜牧之强志盛气,好大而见奇,读兵家书乃与意合,谓功誉可立致,而天下无难事。顾今二虏有可胜之势,愿效至计,以行天诛,回幽夏之故墟,吊唐晋之遗人,流声无穷,为计不朽,岂不伟哉!于是字以太虚,以导吾志。"(14)又说:"今吾年至而虑易,不待蹈险而悔及之。愿还四方之事,归老邑里如马少游,于是字以少游,以识吾过。"(15)这种"或进以经世,或退以存身"(16)的思想,是与儒家"穷则独善其身,达则兼济天下"的教义相一致的。在伦理方面,他也与儒家的观点相似,如说"子之事父,其生也养志为大,养口体次之"(17)养志之说,就是从《孟子·离娄》篇而来的。秦观在这里是要哲宗以儒家的"孝"来治天下,希望他继承神宗遗志,"图任元老,眷礼名儒",实际上是为"元祐更化"制造舆论。

但是秦观的儒家思想并不是纯粹的,他与当时程颢、程颐所提倡的"理学"大相径庭。二程认为"天者理也","只心便是天,尽之便知性",而"不可外求"。他们还提倡为学以"识仁"为主,认为"仁者浑然与物同体,义礼知信皆仁也",识得此理,便须"以诚敬存之"[18]。秦观填了一首《水龙吟》词赠给蔡州营妓娄琬,程颐读了其中"天还知道,和天也瘦"二句,大为反感,乃曰:"高高在上,岂可以此渎上帝!"[19]程颐还宣称:"某素不作诗,亦非是禁止不作,但不欲为此闲言语。"[20]

由此可见洛蜀之争,不仅在政治上有分歧,在哲学乃至文艺思想上也颇有差异。为此,秦观在《春日杂兴》诗之十中剀切陈词:"扬马操宏纲,韩柳激颓浪。建安妙讴吟,风概亦超放。……儿曹独何事,诋斥几覆酱。原心良自诬,猥欲私所尚。螳螂拒飞辙,精卫填冥涨。咄咄徒尔为,东海固无恙。"事实证明,同属儒学,却有不同的学派,他们相互之间,也时常引起斗争。

秦观所崇尚的儒学,在不少地方还融入了道家思想和佛家学说。他那占了整整一卷篇幅的长篇哲学论文《浩气传》便是这方面的代表。此文从孟子的"吾善养吾浩然之气"出发,融合了《庄子》、《列子》、《抱朴子》、《黄帝内经》,由儒及道,纵横捭阖,反复论证,表现出精深的哲学思辨。如云:"元气为物至矣!其在阳也,成象而为天;其在阴也,成形而为地……况于人乎?"将气与阴阳天地乃至人性结合起来,这当然不仅是儒家思想。固然与《周易·系辞上》说过的"在天成象,在地成形,变化见矣"相似。而《列子·天瑞》篇也曾说过:"太初者,气之始也;太始者,形之始也……清轻者上为天,浊重者下为地。"《庄子·知北游》则将气联系到人,说:"人之生,气之聚也。"《抱朴子·至理》篇也说:"人生气中,气在人中。"《黄帝内经·素问》说得更明确:"人以天地之气生……天地合气,命之曰人。"少游的《圣人继天测灵论》谈道德,讲体用,也是融老、庄、易学于一炉。他的《变化论》、《君子终日乾乾论》,则着重阐释义理。他的《心说》,认为"心"与道家的玄虚之说是一致的:"夫虚空之于心,犹一心之于天。"这两句乃是用佛家之说。《景德传灯录》卷五信州智常禅师云:"于中夜独入方丈,礼拜哀请大通(和尚),乃曰:'汝见虚空否?'对曰:'见。'彼曰:'汝见虚空有相貌否?'对曰:'虚空无形,有何相貌?'彼曰:'汝之本性犹如虚空,返观自性,了无一物,可见是名正。见无一物,可见是名真。……但见本源清净,觉体圆明,即名见性成佛,亦名极乐世界。'"《心说》中所说的"虚心",则本诸《庄子·人间世》:"虚者,心斋也。""有心者累物",则本诸《庄子·刻意》:"故曰圣人之生也天行,其死也物化……无物累,无人非。"可见少游以儒学为本,旁通释老,他所论的"心",与禅宗万物皆空、一切本无、以心为本之思想有一定联系,与庄子学说也息息相通。由此可见,少游之说掺杂了佛老之学,体现了宋儒思想不同于其他时期的某些特征。

儒释道思想虽贯穿于少游的一生,然视境遇变迁而显得轻重各异、主次不同。一般在他仕途顺利时,儒家积极入世的思想就比较重,居于主要地位。而一旦遭到挫折,他就借助佛老,遁入虚无,以求精神解脱。例如他在政治上受到打击后,就作《自警》诗云:"莫嫌天地少含弘,自是人生多褊窄。争名竞利走如狂,复被利名生怨隙。"他为自己找寻了一条出路:"从兹俗态两相忘,笑指青山归未得。"绍圣元年坐党祸贬监处州酒税时,他以念经礼忏、抄写佛书为乐。元符元年在谪居雷州时度五十岁生日,作《反初》诗以自慰,表示"心将虚无合,身与元气并。

陟降三境中,高真相送迎"。此时,他似乎是一个道家信奉者的形象了。

秦观的创作根据其生活历程,大致可以分为前、中、后三个时期:

从熙宁二年(1069)作《浮山堰赋》始,至元丰八年(1085)止,是秦观创作的前期。其间除了两度漫游、三次应举之外,基本上是在高邮家中学习时文以备应举。两度漫游:一度是熙宁九年(1076)与孙莘老、参寥子同游历阳(今安徽和县)之汤泉,得诗三十首、赋一篇(见《游汤泉记》);一度是元丰二年(1079)春搭乘苏轼调任湖州的便船南下,省大父承议公及叔父秦定于会稽,郡守程公辟馆之于蓬莱阁,从游八月,酬唱百篇[21]。此外,他还常到离家不远的扬州和楚州,有诗投赠扬州守鲜于侁和吕公著,并与楚州教授徐积相酬唱。三次应举分别为元丰元年、五年和八年。前两次均未考中,均有诗词反映落第心情,记录了往返京师的行迹。著名的《满庭芳(山抹微云)》词,就是将仕途失意的"身世之感打并入艳情"。其间有《对淮南诏狱二首》,究竟为何陷入诏狱,现在还没有足够的史料可资考证。总之,这一时期的纪游之作占绝大多数,可称少游创作上的发轫时期。

秦观创作的中期是从元丰八年(1085)考中进士开始至绍圣元年(1094)止。元丰八年三月神宗逝世,哲宗继位,高太后垂帘听政,斥逐新党,起用旧臣司马光、吕公著为相,接着实行"元祐更化",逐渐废除熙丰新法。少游的创作与整个元祐时期相适应。元祐元年(1086)他为蔡州教授,三年,以苏轼、鲜于侁荐,进策论五十篇,应贤良方正能直言极谏科试。时洛蜀党争起,少游被洛党"诬以过恶",遂引疾归汝南。五年五月,复由范纯仁、蔡肇荐,自蔡州入京都,为太学博士,秘书省校对黄本书籍,历秘书省正字,官至国史院编修。在京四年,诗人政治上曾两次遭受打击,一次是上面所说的举贤良不中,一次是元祐六年(1091)七月迁正字仅两月,又因洛党弹劾而罢。这两次打击他并未直接发之于吟咏,仅在某些篇章中作了曲折的反映。这一时期篇章相当丰富,内容也较复杂,同前期相比,除模山范水之外,增加了对时局的关心,如《次韵邢敦夫秋怀十首》之五,表示同意司马光割弃熙河与夏人的主张;而在《送蒋颍叔帅熙河二首》之二中,又说:"要须尽取熙河地,打鼓梁州看上元。"对契丹与高丽,也曾发表己见。政见虽因时而异,但其爱国思想却是贯彻始终的。这一时期写了为数甚多的政论文,也为歌楼舞榭填了不少词,内容多为艳情,然不失品格,可说这是他创作上的丰收时期和发展时期。

从绍圣元年(1094)三月被逐出京,至元符三年(1100)赦归,是秦观创作的后期。这一时期长达七年,按理作品应该较多,但除词之外,人们钩沉辑佚,仅得诗五十七首。如从元符元年过岭后计算,仅存诗三十三首,散文则仅存数篇。这主要是因为作者身处放逐之中,一方面有使者承风望旨,没有创作自由;一方面是贬所不断变更,即使有所创作,也容易散失。尽管这个时期流传下来的作品不多,但无论在抒情的深度上和艺术技巧上,都远远超过以前两个时期。这首先表现在词作中,贬谪之初,他就以《望海潮(梅英疏淡)》、《风流子》、《江城子(西城杨柳弄春柔)》抒写了不幸的预感;既谪之后,又以《千秋岁》、《踏莎行》、《如梦令(遥夜沉沉如水)》、《阮郎归》其三、其四以及《好事近》等,倾诉迁谪之恨。他的《千秋岁》曾引起苏轼、黄庭坚、孔仲平、李之仪、王之道、丘崈、释惠洪等的共鸣,纷纷次韵,形成一股范围很大的波澜,在词史上形成一个贬谪词创作的高潮。此时少游所作的《雷阳书事三首》、《海康书事十首》,以质朴的语言反映了自己谪居岭南的生活和思想,还勾勒了这一地区的风俗画,诗风为之一变。因此不妨说,这一时期标志着他创作上的成熟。

以上三个时期的划分,只能是一个大概。若细加研讨,每一时期还可分为若干阶段,如中期便可分为蔡州阶段和汴京阶段,这里就不暇细说了,留待读者详审作品。

秦观历来以词著称,其词清丽淡雅,韵味醇厚,且能将身世之感打并入艳情,向来被视为婉约词的正宗。对于少游词的成就,大家耳熟能详,此处不再展开。其实除了词之外,秦观在诗文方面也取得较高成就。只可惜长期为词名所掩,少为人知。所以明人胡应麟就说:"秦少游当时自以诗文重,今被乐府家推作渠帅,世遂寡称。"[22]现在应该还他以本来面目。

人们谈到秦观诗,多称其七言绝句,如《春日五首》、《秋日三首》。《雪浪斋日记》就曾说"海棠花发麝香眠","诗甚丽";元好问《论诗绝句》评《春日》诗其二则云:"有情芍药含春泪,无力蔷薇卧晓枝。拈出退之山石句,始知渠是女郎诗。"此意当沿袭南宋敖陶孙《臞翁诗评》"秦少游诗如时女步春,终伤婉弱"之观点,不过经他形象化的描述,女郎诗二语,遂成千古定谳。其实文艺作品应该呈现多种风格,既有阳刚之美,也应有阴柔之美;既有东坡的"丈夫诗",也应有少游的"女郎诗",这样才会造成百花齐放的繁荣景象。其实少游诗何止七绝一种体裁,又何止"女郎诗"一种风格。他的五古和七古早就受人激赏。王安石答东坡书称其诗云:"清新妩丽,鲍谢似之。"元丰三年吕公著知扬州,他以《春日杂兴》之一投卷,吕本中举其中"雨砌堕危芳,风轩纳飞絮"二句,引李公择之语评曰:虽"谢家兄弟(得意)之作不能过"(23)也。说明他的诗已超过南朝谢灵运和谢惠连。苏轼读了他的《和黄法曹忆建溪梅花》诗,更和诗赞之曰:"西湖处士骨应槁,只有此诗君压倒。"(24)以为压倒林逋的名作《山园小梅》,容或过誉,然此诗咏梅,务在神似,不能不是一大特点。至于少游过岭后所写的诗,吕本中已称其"严重高古,自成一家",这里就不再复述了。

前人对少游之文,评价也很高。东坡就曾说:"秦观自少年从臣学文,词采绚发,议论锋起。"(25)黄庭坚也说:"少游五十策,其言明且清。笔墨深关键,开阖见日星。"(26)少游的策论,不但论事说理,切中时弊,而且行文流畅,清新可诵。同当时一些刻版式的策论相比,自然高出一筹。但是严格说来,少游的策论受东坡影响较大,尚欠个人风格。其原因之一便是这些策论大都是在东坡指导或影响下写成的。元丰三年,苏辙贬往筠州,少游托他将所写的策论《奇兵》及《盗贼》带给贬居黄州的苏轼,轼答书云:"似此得数十首,皆卓然有可用之实者,不须及时事也。"以后少游即依此原则撰写其他策论。原因之二是有些地方沿袭了东坡的观点。如策论《序篇》云:"臣闻春则仓庚鸣,夏则蟪蛄鸣,秋则寒蝉鸣,冬则雉鸣。"表面是用《礼记·月令》,实则受到东坡《李端叔书》"譬之候虫时鸟,自鸣自已,何足为损益"的启迪,而此书是在元丰三年托他转交的,不可能没有看到。又如《韩愈论》称韩文杜诗为"集大成",人们多以为是少游创见,其实也是东坡的观点,见陈师道《后山诗话》及东坡《答吴道子画后》。其《盗贼》下一文云"有缙绅先生告臣曰"一段,明人张绖即指出:"实指苏公,殆非设言也。"(27)由此可见,少游策论"与坡同一轨辙","此少游之所以不及东坡也"(28)。真正代表少游散文风格的,应该是他的哲学论文,故近人林纾说:"集中如《魏景传》及《心说》,皆直造蒙庄之室,为东坡中所无。"[29]此外,他的小品文《眇倡传》、《二侯说》、《书晋贤图后》、《辋川图跋》等也都富有情趣,颇堪把玩。其《清和先生传》博采事典,为酒立传,似承韩愈《毛颖传》胎息,逞才肆意,亦颇可观。

此次秦少游学术研究会两位会长将秦观诗词文中的精品选出,分别编册,并请黄思维、谢燕、刘勇刚和吴雅楠诸君加以注释和简评,相信对广大读者了解和鉴赏秦少游的作品一定会有所裨益,并将对进一步推动全国秦少游的研究产生一定的影响。然人无完人,金无足赤,著述亦然,难免存在某些不足,尚希海内外方家,不吝赐教。是为序。

徐培均 2013 年 7 月撰于沪上岁寒居

注释:

(1) 秦观《与李乐天简》。

(2) 秦观《梦扬州》词。

(3) 宋叶梦得《避暑录话》卷三。

(4) 秦观《宁浦书事六首》第三首。

(5) 《捕蝗至浮云岭山行疲苶有怀子由》其二。

(6) 《山村五绝》。

(7) 《舒王答苏内翰荐秦公书》,见日藏宋乾道高邮军学本《淮海集》卷端引。

(8) 《淮海集》卷十四《法律》下。

(9) 《续资治通鉴长编》卷四一四。

(10)《续资治通鉴长编》卷四六三。

(11)《续资治通鉴长编》卷四六三。

(12)《五百罗汉图纪》。

(13)《遣疟鬼文》。

(14)宋陈师道《秦少游字序》。

(15)同上。

(16)同上。

(17)《淮海集》卷十二《国论》。

(18)《二程遗书》卷二。

(19)宋陈鹄《耆旧续闻》卷八。

(20)《二程遗书》卷十八。

(21)见《谢程公辟启》。

(22)明胡应麟《诗薮·杂编》卷五。

(23)宋魏庆之《诗人玉屑》卷十八引《童蒙诗训》。

(24)《和秦太虚梅花》

(25)《辨贾易弹奏待罪札子》。

(26)见《山谷诗集》卷十九《晚泊长沙,示秦处度湛、范元实温,用寄明略和父韵五首》之五。

(27)明嘉靖张綖鄂州刻《淮海集》引。

(28)林纾《淮海集选序》。

(29)同上。

前言

秦观(1049—1100),字少游,又字太虚,号淮海居士,高邮(今属江苏)人,是北宋时期的重要词家。词体演进至北宋后期,主要向复雅和注重声律方面发展。与苏轼等重在突破"词为艳科"的传统体制,对词的内容和风格进行大胆革新不同,秦观比较全面地继承了唐五代词的成就,更多地接受了晏殊、欧阳修和柳永的影响,在委婉隐约词境的开拓与令、慢词创作技巧提升方面取得很大成绩,并由此成为婉约派集大成的词人,故近人夏敬观说:"少游词清丽婉约,辞情相称,诵之回肠荡气,自是词中上品。"(《淮海词跋》)与北宋其他主要词人比较,宋蔡伯世称"子野(张先)词胜乎情,耆卿(柳永)情胜乎词,情词相称者,少游一人而已"(沈雄《古今词话》引),清纪昀也认为少游"诗格不及苏(轼)、黄(庭坚),而词则情韵兼胜,在苏、黄之上。流传虽少,要为倚声家一作手"(《四库全书总目提要·淮海词》),都肯定了其在词史上具有的独特地位。

秦观词流存不多,其《淮海集》中收词三卷72首,近人从王敬之翻刻本和《花草粹编》中又补辑得28首。所存词中,以小令居多。小令体制短小,比较适合直接表现刹那间的情感。秦观的小令擅长写出一种纤细幽微的心境,以有限寓无限,开拓出深远的审美想象空间。如《浣溪沙》"漠漠轻寒上小楼",从表面看全是写景,但"一切景语皆情语"(王国维《人间词话》),以美妙的文字为媒,将主观的情感投射到客观的景物,便传达出一种微茫的心绪。在慢词的创作上,秦观有别于柳永、周邦彦及南宋格律派的以赋法入词,重铺陈叙事,而是仍以抒情为主,在一定程度上融入小令的比兴手法,形成一种委婉含蓄、平易自然的独特风格。

淮海词大体上早期多为应歌之作,流播于青楼红袖之间,入仕后,则多写羁旅行役与贬谪之苦。在内容上大致可分为三类:一类是较单纯的娱人应歌之制,这类作品数量不多,直承花间派风貌而更趋于清丽婉曼。第二类是在爱情题材的词作中写进自己真实的情怀感受,或藉旧有范式写出托寓主体的新内涵。这类词作占了秦观词的大多数,由于其在艺术表现手法上的多方面开拓,遂将这一传统题材提升到了一个新高度。第三类是向诗化回归,注重个体生存际遇与幽微情感意绪的抒发。这类作品最能体现秦观词的特色,也在一定程度上反映了神宗、哲宗朝士大夫的文化心态。

秦观的词笔,水云涵淡,灵动幽眇。那些用别致幽寒的意象构筑的一个个情感艺术空间,暗合着他的人生失意,仕途坎坷,也暗合着他幽远凄伤的精神气质。宋末名词人张炎评少游词,赞其"体制淡雅,气骨不衰,清丽中不断意脉,咀嚼无渣,久而知味"(《词源》)。秦观沿着婉约词主情致,尚阴柔的方向,将词体要眇宜修、言美情长、音韵谐婉的体性特征发挥到了极致。少游词章法、句法相对疏朗,而字法尤显典雅、精致。他既避免了柳永一些词俚俗侧艳的趣味,又在苏轼词"豪放"与"逸致"之外,发展出一种"情韵",于雅俗之间辟出一条新路,为后来婉约词的发展指明方向。他的感伤词作,将个人身世之感打并入艳情,自成一格,成为一种词史上影响巨大的抒情范式。他使词更加文人化,既不囿于《花间》的描摹体态仪容,也不是宋初诸公的聊佐清欢,遣兴适意,不涉"词语尘下",又不言志载道,而呈现出一种深挚、和婉、自然、纯情之美。其词用典甚少,淡语皆有味,浅语皆有致,显示出婉约深情的风格。但少游词也存在着气格柔弱、不够深刻的毛病。清代贺裳说:"少游能曼声以合律,写景极凄婉动人,然形容处殊无刻肌入骨之言。"(《皱水轩词筌》)这一批评可谓中肯。

现存刊印最早的秦观词集是宋乾道高邮军学刊本《淮海居士长短句》,其他重要版本有明末毛晋汲古阁刊《宋六十家词》本《淮海词》、民国初朱祖谋辑刊《彊村丛书》本《淮海居士长句》,以及近人叶恭绰在20世纪30年代影印的宋刊本二种等。今人徐培均的《淮海居士长短句笺注》(上海古籍出版社2008年版)是目前秦词最好的笺校本。《淮海居士长短句笺注》继承前贤叶恭绰、唐圭璋、龙榆生的研究成果,考订众本,分长短句、补遗、存疑三部分载录词作,详为校记、笺注,又附汇评,书后附录并有淮海词版本源流考、秦观年谱及各种版本序跋,很有研究参考价值。

本书所选词作,以徐培均先生《淮海居士长短句笺注》所用底本宋乾道高邮军学本为版本依据,选自原书上卷、中卷、下卷,以及徐培均先生辑出的"补遗"。出于慎重,"存疑"词暂不入选。注释上对徐培均先生的笺注也多有参照,谨此向徐先生致谢。

谢　燕

2013年元宵于杭州玉泉

望 海 潮⁽¹⁾

　　星分牛斗⁽²⁾,疆连淮海⁽³⁾,扬州万井提封⁽⁴⁾。花发路香,莺啼人起,珠帘十里东风⁽⁵⁾。豪俊气如虹⁽⁶⁾。曳照春金紫,飞盖相从⁽⁷⁾。巷入垂杨,画桥南北翠烟中。　　追思故国繁雄。有迷楼挂斗⁽⁸⁾,月观横空⁽⁹⁾。纹锦制帆,明珠溅雨,宁论爵马鱼龙⁽¹⁰⁾。往事逐孤鸿⁽¹¹⁾。但乱云流水,萦带离宫⁽¹²⁾。最好挥毫万字,一饮拚千钟⁽¹³⁾。

【总说】

　　据徐培均先生《淮海居士长短句笺注》考证,此词作于元丰三年(1080)庚申游广陵后不久。上片写今,从各个侧面描绘了春日扬州的繁华富丽。发端三句,总写扬州的地理位置与繁盛面貌,提挈全篇,笔势宏大。"花发"三句,描绘扬州秀丽景色。"豪俊"三句,写人物俊游。下片怀古,借隋炀帝荒淫误国故事,寄托了作者深沉的沧桑之慨。歇拍二句,振起全篇。全词起伏跌宕,气势豪迈。

【注释】

　　(1) 望海潮:词调名,始见于宋柳永的词集《乐章集》。多用于登临怀古,描写都市繁华。

　　(2) 星分牛斗:谓扬州系属斗宿和牛宿所属之分野。古人"以星土辨九州之地,所封封域皆有分星,以观妖祥"(《周礼·春官·保章氏》)。

(3) 疆连淮海：谓扬州北至淮河，南接大海。《尚书·禹贡》："淮海惟扬州。"

(4) "扬州"句：谓扬州人口稠密。井，古制八家为井。提封，意为通共、大凡。

(5) "珠帘"句：唐杜牧《赠别》诗："春风十里扬州路，卷上珠帘总不如。"

(6) "豪俊"句：谓扬州人气概豪迈。唐李贺《高轩过》诗："入门下马气如虹。"

(7) "曳照"句：意谓达官贵人服御华丽。曳，拖，引申为穿戴。金紫，原谓丞相、太尉、列侯等所佩之金印紫绶，这里指高官贵族服饰华丽。唐杜甫《奉寄章十侍御》诗："淮海维扬一俊人，金章紫绶照青春。"飞盖，急行的马车。盖，车篷。

(8) 迷楼：隋炀帝所建楼阁，故址在今扬州市北观音山。据《大业拾遗记》记载，"(炀)帝色荒愈炽，乃建迷楼，择下俚稚女居之"。

(9) 月观：楼观名。据《大业拾遗记》记载，"(炀)帝幸月观，烟景清朗，中夜独与萧妃起临前轩"。

(10) "纹锦"三句：此用隋炀帝故事描绘奢靡生活。纹锦制帆，明珠溅雨，都用隋炀帝事。《大业拾遗记》："炀帝幸江都，至汴，帝御龙舟，萧妃乘凤舸。锦帆彩缆，穷极侈靡。"又："炀帝命宫女洒明珠于龙舟之上，以拟雨雹之声。"宁论，不要说。爵马鱼龙，指珍奇玩好之物。南朝宋鲍照《芜城赋》："吴蔡齐秦之声，鱼龙爵马之玩。"爵，通"雀"。

(11) "往事"句：唐杜牧《题安州浮云寺寄湖州张郎中》诗："恨如春草多，事与孤鸿去。"

(12) 萦带：萦绕。离宫：行宫。

(13) 拚(pàn)：不顾惜。千钟：形容酒量之大。钟，一种酒器。宋欧阳修《朝中措·送刘仲原甫出守维扬》词："文章太守,挥毫万字,一饮千钟。"

【辑评】

[近代]俞陛云《唐五代两宋词选释》:首言州郡之雄壮,提挈全篇。次言途中之富丽,人物之豪俊。次乃及游赏归来。垂杨门巷,画桥碧阴,言居处之妍华。层层写出,如身到绿杨城郭。下阕言追怀炀帝时,其繁雄尤过于今日,迷楼朱障,极侈泰之娱。而物换星移,剩有乱云流水,与唐人过隋宫诗"晚来风起花如雪,飞入宫墙不见人",及"闪闪残萤犹得意,夜深往来豆花丛"句,其感叹相似。

[现代]龙榆生《苏门四学士·秦观》:扬州自昔繁华,如少游《望海潮》所称"花发路香,莺啼人起,珠帘十里春风",安得不使人沉醉?叶梦得称少游词"盛行于淮楚",则扬州殆为淮海词流播管弦之发祥地。

望 海 潮

　　秦峰苍翠(1)，耶溪潇洒(2)，千岩万壑争流(3)。鸳瓦雉城(4)，谯门画戟(5)，蓬莱燕阁三休(6)。天际识归舟(7)。泛五湖烟月，西子同游(8)。茂草台荒(9)，苎萝村冷起闲愁(10)。
何人览古凝眸？怅朱颜易失，翠被难留(11)。梅市旧书(12)，兰亭古墨(13)，依稀风韵生秋。狂客鉴湖头(14)。有百年台沼(15)，终日夷犹(16)。最好金龟换酒(17)，相与醉沧洲(18)。

【总说】

　　据秦瀛《淮海先生年谱》考证，此词作于元丰二年(1079)。是年，苏轼改知湖州(今浙江吴兴湖州镇)。秦观于四月下旬同随至湖州，端午后，别苏轼赴会稽，省祖父承议公(名讳不详)及叔父秦定。该词写于会稽，通过对范蠡、西子、王羲之等人的怀念，表达了少游逍遥高蹈的人生态度。该词首三句写会稽山水之美；接下来三句，写城楼之壮观；至"天际识归舟"一句，从写景转向咏史。"五湖烟月"、"茂草台荒"、"苎萝村冷"，清冷的意境中融入了词人深沉的历史喟叹。过拍承上片意脉，词人以梅福、王羲之、贺知章等人的典故，表达了帝王霸业转眼成空，文章笔墨千古流传的历史认识。该词大量使用前人成句与典故，不免给人一种逞才使气之感。

【注释】

　　(1) 秦峰：秦望山，在会稽(今浙江绍兴)东南四十里。
　　(2) 耶溪：若耶溪，在会稽(今浙江绍兴)东南若耶山下，相传为春秋时越国美女西施浣纱之地。

(3)"千岩"句:南朝宋刘义庆《世说新语·言语》:"顾长康(恺之)从会稽还,人问山川之美,顾云:'千岩竞秀,万壑争流……'"

(4)鸳瓦:鸳鸯瓦,成对的瓦片。雉城:即雉堞,城上的女墙。

(5)谯(qiáo)门:城门楼,"古者为楼以望敌阵"(周祈《名义考》)。画戟:施以彩绘的长戟,古时常用作仪仗。唐韦应物《郡斋雨中与诸文士燕集》诗:"兵卫森画戟,燕寝凝清香。"

(6)蓬莱燕阁:即蓬莱阁,"蓬莱阁在设厅之后卧龙山下,吴越(钱)镠所建,淳熙元年其八世孙端礼重修"(《会稽续志》)。燕,通"宴",指宴集之地。三休,登临途中需休息三次,此形容蓬莱阁之高。汉贾谊《新书·退让》:"翟王使使至秦,楚王夸使者以章华之台,台甚高,三休乃至。"

(7)"天际"句:南朝齐谢朓《之宣城郡出新林浦向板桥》诗:"天际识归舟,云中辨江树。"

(8)"泛五湖"二句:《越绝书》:"吴亡后,西施复归范蠡,同泛五湖而去。"五湖,指太湖。

(9)台:指姑苏台,故址在今江苏苏州西南。

(10)苎萝村:西施故里,在今浙江诸暨南门外五里,苎萝山下。

(11)翠被:织有或绣有翡翠纹样的被子。南朝梁沈约《咏帐》诗:"随珠既吐曜,翠被复含风。"

(12)梅市旧书:指汉代梅福所习之《尚书》、《春秋穀梁传》等古籍。《汉书·梅福传》:"梅福,字子真,九江寿春人也。少学长安,明《尚书》、《穀梁春秋》,为郡文字,补南昌尉。……其后,有人见福于会稽者,变名姓,为吴市门卒云。"梅市,地名,施宿《会稽志·市》:"梅市在城西十五里,属山阴县梅市乡,乡有梅福里。"

(13)兰亭古墨:指东晋王羲之所书之《兰亭集序》。

(14) 狂客：指贺知章。《旧唐书·文苑传·贺知章传》："(贺)知章晚年尤加纵诞,无复规检,自号四明狂客。"鉴湖：湖名,在今浙江绍兴市南。

(15) 台沼：台馆池沼。南朝梁江淹《四时赋》："梦帝城之阡陌,忆故都之台沼。"

(16) 夷犹：从容自得。宋韩维《苏才翁与予定林下之约……》诗："笑谢世俗人,夷犹五湖棹。"

(17) 金龟换酒：孟棨《本事诗·高逸》："李太白初自蜀至京师,舍于逆旅。贺监知章闻其名,首访之。既奇其姿,复请所为文。出《蜀道难》以示之。读未竟,称叹者数四,号为谪仙,解金龟换酒,与倾尽醉,期不间日,由是称誉光赫。"金龟,唐代高品级官员所配之饰物。

(18) 沧洲：水滨之地,古时常用以称隐士的居处。三国魏阮籍《为郑冲劝晋王笺》："临沧洲而谢支伯,登箕山以揖许由。"

【辑评】

[明] 沈际飞《草堂诗馀续集》：入律。

望 海 潮

梅英疏淡⁽¹⁾,冰澌溶泄⁽²⁾,东风暗换年华。金谷俊游⁽³⁾,铜驼巷陌⁽⁴⁾,新晴细履平沙。长记误随车⁽⁵⁾。正絮翻蝶舞,芳思交加⁽⁶⁾。柳下桃蹊⁽⁷⁾,乱分春色到人家。　　西园夜饮鸣笳⁽⁸⁾。有华灯碍月,飞盖妨花⁽⁹⁾。兰苑未空⁽¹⁰⁾,行人渐老,重来是事堪嗟⁽¹¹⁾。烟暝酒旗斜。但倚楼极目,时见栖鸦。无奈归心,暗随流水到天涯。

【总说】

　　这首词作于绍圣元年(1094)暮春。是年新党上台,秦观因"影附苏轼"被目为旧党,入元祐党籍,从国史院编修任上被贬为杭州通判(后来中途贬监处州酒税)。出汴京前重游友人王诜家的西园,感慨身世,写下此词。此词不止于追怀过去的游乐生活,还有政治失意之慨叹在其中,表现出婉约柔媚的情致。该词在结构上时空交错,以"今—昔—今"的顺序展开叙述。首三句写眼前所见,梅开冰溶,大地回春。"金谷"二句以下是昔日春游场景的回忆,重点写了"误随车"与"西园宴饮"两个片段。"重来是事堪嗟"一句,将词人的思绪拉回现实,往昔俊游已云散,唯有自己独自"倚楼",即将开始贬谪的生涯。全词通过今昔对比的方式,表现了词人处境与心境的变化,含蓄蕴藉,一唱三叹。

【注释】

　　(1)梅英:梅花。

(2) 冰澌(sī)：解冻时流动的冰。澌，同"嘶"。溶泄：摇漾流动的样子。唐罗隐《云》诗："溶溶泄泄自舒张,不向苍梧即帝乡。"

(3) 金谷：金谷园,晋石崇所筑,为其聚宾客游宴之所,在今河南洛阳东北。《晋书·石崇传》："崇时在金谷别馆,方登凉台,临清流。"俊游：快意的游赏。宋柳永《凤归云》词："一岁风光,尽堪随分,俊游清宴。"

(4) 铜驼巷陌：即铜驼街,是西晋都城洛阳皇宫前一条繁华的街道,以宫前立有铜驼而得名。《太平御览》引陆机《洛阳记》："洛阳有铜驼街,汉铸铜驼二枚,在宫南四会道相对。俗语曰：'金马门外集众贤,铜驼陌上集少年。'"五胡乱晋时,遂荒芜。

(5) "长记"句：化用唐韩愈《嘲少年》诗："直把春偿酒,都将命乞花。只知闲信马,不觉误随车。"

(6) 芳思：春天引起的情思。此处"思"字旧读去声。

(7) 桃蹊：桃树下的小路。

(8) 西园：三国魏曹丕、曹植兄弟在邺都(今河北临漳西)的游乐之地。曹植《公宴》诗："清夜游西园,飞盖相追随。明月澄清景,列宿正参差。"此指友人王诜家的花园。鸣笳：吹奏笳笛。笳,笳笛,古代西域少数民族的一种管乐器。曹丕《与吴质书》："从者鸣笳以启路,文学托乘于后车。"

(9) 飞盖：急驰的车辆。盖,伞状的车篷。

(10) 兰苑：美好的园林,代指西园。南朝宋谢灵运《昙隆法师诔》："如彼兰苑,风过气绝。"

(11) 是事：凡事,事事。宋柳永《定风波》词："自春来,惨绿愁红,芳心是事可可。"

【辑评】

[明]李攀龙《草堂诗馀隽》卷四此词眉批：借桃花缀梅花,风

光百媚。停杯骋望,有无限归思隐约言先。

[清]周济《宋四家词选》:两两相形,以整见劲。以两"到"字作眼,点出"换"字精神。

[清]谭献《谭评词辨》:("长记误随车")顿宕。("柳下"二句)旋断仍连。(下阕)陈隋小赋缩本,填词家不以唐人为止境也。

[清]陈廷焯《白雨斋词话》卷一:少游词最深厚,最沉着,如"柳下桃蹊,乱分春色到人家",思路幽绝,其妙令人不能思议,较"郴江幸自绕郴山,为谁流向潇湘去"之语,尤为入妙。世人动訾秦七,真所谓井蛙谤海也。

[现代]吴梅《词学通论》第七章:他作如《望海潮》云:"柳下桃蹊,乱分春色到人家。西园夜饮鸣笳。有华灯碍月,飞盖妨花。"……此等句皆思路沉着,极刻画之工,非如苏词之纵笔直书也。

[现代]唐圭璋《唐宋词简释》:此首述游踪,情韵极胜。……("西园"三句)炼字琢句,精美绝伦。信乎谭复堂称其似"陈隋小赋"也。"兰苑"以下,转笔伤今,化密为疏,又觉空灵荡漾,余韵不尽。……盖少游纯以温婉和平之音,荡人心魄,与屯田、东坡之使气者又不同也。

[现代]叶嘉莹《灵谿词说·论秦观词》:其开端之"梅英疏淡,冰澌溶泄,东风暗换年华"数句,既在选词用字之间,表现了他的锐感的资质,而其结尾之"无奈归心,暗随流水到天涯"数句,则又在融情入景方面表现了他的柔婉的风格,较之咏广陵及越州的两首,实在更能代表秦观词的特色。

[现代]沈祖棻《唐宋词鉴赏辞典》本篇赏析:这首词的主旨是感旧,感时之意即寓其中,由感旧而思归,则盛衰之异自见,故以今昔对照为其基本表现手法。它以大量篇幅写旧游之乐以反衬今日之牢落衰老。这也就是周济《宋四家词选》所说的"两两相形"。如酒楼和金谷、铜驼、西园、兰苑,"烟暝酒旗斜"和"华灯碍月,飞盖妨

花","倚楼"和"随车","栖鸦"和"蝶舞","归心"和"芳思","暗随"和"乱分","天涯"和"人家",无往而非两两相形,以见今昔之殊,而抒盛衰之感。

　　[现代] 程千帆、吴新雷《两宋文学史》：秦观还善于以长调抒情,学柳永能去其庸俗猥亵的情趣而得其宛转铺叙的手法。从其《八六子》(倚危亭)、《望海潮》(梅英疏淡)等名篇中,都可以见出其所受柳词在章法方面的影响。

水 龙 吟

小楼连远横空,下窥绣縠雕鞍骤⁽¹⁾。朱帘半卷⁽²⁾,单衣初试,清明时候。破暖轻风⁽³⁾,弄晴微雨⁽⁴⁾,欲无还有。卖花声过尽,斜阳院落,红成阵、飞鸳甃⁽⁵⁾。　　玉佩丁东别后⁽⁶⁾。怅佳期、参差难又⁽⁷⁾。名缰利锁⁽⁸⁾,天还知道,和天也瘦⁽⁹⁾。花下重门⁽¹⁰⁾,柳边深巷,不堪回首。念多情,但有当时皓月,向人依旧。

【总说】

据徐培均先生《淮海居士长短句笺注》考证,此词元祐年间(1086—1090)作于蔡州。《高斋诗话》记载,少游任蔡州教授时与营妓娄琬(字东玉)过从甚密,赠之词云"小楼连苑(按:除宋本外,各本秦词"连远"多作"连苑")横空",又云"玉佩丁东别后",藏其姓名与字在句中。该词上片起首二句,写女子站在小楼上,看着自己的恋人策马奔驰而去,点出离别之意。下片从男方着笔,写别后的相思与无奈。首句和换头一句,俱隐妓名"娄东玉"三字,甚巧。歇拍二句,则是以景结情。红成阵,飞鸳甃,景象是美丽的,感情却是悲伤的。花辞故枝,象征着行人离去,也象征着红颜憔悴,最易使人伤怀。不言愁而愁自在其中,因而蕴藉含蓄,带有悠悠不尽的情味。

【注释】

(1) 绣縠(gǔ)雕鞍:形容车马之华贵。据宋杨万里《诚斋诗话》载,苏轼见此二句,开玩笑说:"又连远,又横空,又绣毂,又雕鞍,又骤,也劳攘。"

(2) 朱帘:红色帘子。唐王勃《滕王阁》诗:"画栋朝飞南浦云,朱帘暮卷西山雨。"

(3) 破暖:天气转暖。

(4) 弄晴微雨:谓微雨时停时下,似在逗弄晴天。

(5) 鸳甃(zhòu):用对称的砖瓦砌成的井壁。亦借指井。甃,砖砌的井壁。《庄子·秋水》:"(蛙)出跳梁乎井干之上,入休乎缺甃之崖。"

(6) 丁东:象声词,形容玉石、金属等撞击的声音。唐温庭筠《织锦词》:"丁东细漏侵琼瑟,影转高梧月初出。"

(7) "怅佳期"句:谓难与佳人再次重逢。佳期,美好的时光。多指同亲友重晤或故地重游之期。南朝齐谢朓《晚登三山还望京邑》诗:"佳期怅何许,泪下如流霰。"参差(cēn cī):谓人事乖违。意犹蹉跎。唐薛能《下第后春日长安寓居》诗:"隔年空仰望,临时又参差。"

(8) 名缰利锁:比喻功名利禄对人的羁绊。宋柳永《夏云峰》词:"向此免,名缰利锁,虚费光阴。"

(9) "天还"二句:意为连天也不免当此苦况而消瘦,何况于人。语仿唐李贺《金铜仙人辞汉歌》"天若有情天亦老"。和,连。

(10) 重门:谓屋内的门。唐李白《酬坊州王司马与阎正字对雪见赠》诗:"价重铜龙楼,声高重门侧。"

【辑评】

[宋]俞文豹《吹剑三录》:东坡问少游别后有何作,少游举"小楼连苑横空,下窥绣毂雕鞍骤"。坡曰:"十三个字只说得一个人骑马楼前过。"文豹亦谓公《次沈立之韵》:"试问别来愁几许?春江万

斛若为情。"十四字只是少游"愁如海"三字耳。作文亦如此。

[宋]陈鹄《西塘集·耆旧续闻》卷八：伊川尝见秦少游词"天还知道,和天也瘦"之句,乃曰："高高在上,岂可以此渎上帝？"又见晏叔原词"梦魂惯得无拘检,又踏杨花过谢桥",乃曰："此鬼语也。"盖少游乃本李长吉"天若有情天亦老"之意,过于亵渎。少游竟死于贬所,叔原寿亦不永,虽曰有数,亦口舌劝淫之过。

[宋]张炎《词源》卷下：大词之料,可以敛为小词；小词之料,不可展为大词。若为大词,必是一句之意,引而为两三句；或引他意入来,捏合成章,必无一唱三叹。如少游《水龙吟》云："小楼连苑横空,下窥绣毂雕鞍骤。"犹且不免为东坡见诮。

[明]杨慎《词品》卷一：填词平仄及断句皆定数,而词人语意所到,时有参差。如秦少游《水龙吟》前段歇拍句云："红成阵,飞鸳鸯。"换头落句云："念多情,但有当时皓月,照人依旧。"以词意言,"当时皓月"作一句,"照人依旧"作一句。以词调拍眼,"但有当时"作一拍,"皓月照"作一拍,"人依旧"作一拍,是也。

[明]王世贞《弇州山人词评》：词内"人瘦也,比梅花瘦几分"；又"天还知道,和天也瘦"；"莫道不销魂,人比黄花瘦",三"瘦"字俱妙。

[清]沈祥龙《论词随笔》：词当意余于辞,不可辞余于意。东坡谓少游"小楼连苑横空,下窥绣毂雕鞍骤"二句,只说得车马楼下过耳,以其辞余于意耳。若意余于辞,如东坡"燕子楼空,佳人何在,空锁楼中燕",用张建封事；白石"犹记……那人正睡里,飞近蛾绿",用寿阳事。皆为玉田所称,盖辞简而余意悠然不尽也。

[清]沈雄《古今词话》：少游自会稽入都,见东坡。……坡又问别作何词,少游举"小楼连苑横空,下窥绣毂雕鞍骤"。东坡曰："十三个字,只说得一个人骑马楼前过。"少游问公近作,乃举"燕子楼空,佳人何在,空锁楼中燕"。晁无咎曰："只三句便说尽张建

封事。"

［近代］王国维《人间词话》：词忌用替代字。美成《解语花》之"桂华流瓦"，境界极妙，惜以"桂华"二字代"月"耳。梦窗以下，则用代字更多。其所以然者，非意不足，则语不妙也。盖语妙则不必代，意足则不暇代。此少游之"小楼连苑"、"绣毂雕鞍"，所以为东坡所讥也。

［近代］俞陛云《唐五代两宋词选释》：此词上阕"破暖轻风"七句，虽纯以轻婉之笔写春景，而观其下阕，则花香帘影中，有伤春人在也。

八 六 子[1]

倚危亭[2],恨如芳草,萋萋刬尽还生[3]。念柳外青骢别后[4],水边红袂分时[5],怆然暗惊[6]。　　无端天与娉婷[7]。夜月一帘幽梦,春风十里柔情[8]。怎奈向、欢娱渐随流水[9],素弦声断[10],翠绡香减[11];那堪片片飞花弄晚,濛濛残雨笼晴[12]。正销凝[13],黄鹂又啼数声。

【总说】

此词作宋元丰三年(1080)。据徐培均先生《淮海居士长短句笺注》考证,词乃少游自广陵还里,经邵伯斗野亭时回忆扬州恋人而作。《绿窗新话》卷上记载:"秦少游在扬州刘太尉家,出姬侑觞,中有一姝,善擘箜篌,此乐既古,近时罕有其传,以为绝技。姝又倾慕少游之才名,偏属意少游,借箜篌观之。既而,主人入室更衣,适应狂风灭烛,姝来且亲,有仓猝之欢。"词中所紫念的女子,虽未明言是刘府姬人,但从"无端天与娉婷"一句来看,恰与灭烛偷欢的情节相似;而"素弦声断",则又与箜篌有关。因此可能是秦观为怀念这位刘府姬人而作。该词是少游写离情的名篇,情韵兼胜,意境深永。全词由情切入,突兀而起,起句用一个"恨"字将词人与恋人的离别之愁和眼前的萋萋芳草联系在一起,运用了直喻的手法,与一般长调讲究铺叙,在篇首着力描写环境、渲染气氛有着明显的区别。接着词人以一去声的"念"字领六言两对句,绘景叙事,追忆离别情景。过拍承前意脉,"夜月一帘幽梦,春风十里柔情"二句追忆别前之欢,写得风情摇荡,幽美凄清;"怎奈向"以下,复一转,写别后之苦;"那堪"以下,再一折,感叹现实之悲;至歇拍"正销凝",又回过头来,转接起首。全词将时间、地点和人物的现实、过去来回穿插,通篇写离情,却在遣词造句上不直说,而是以景衬情,融情于景致中,读来含蓄深沉,余味无穷。

【注释】

(1) 八六子:词调名,唐杜牧创调。历代填此调者不多。

(2) 危亭:耸立于高处的亭子。此指扬州与高邮之间的斗野亭。是岁少游有《和孙莘老题召伯斗野亭》诗云:"北眺桑梓国,悠然白云生。南望古邗沟,沧波带芜城。"张琬亦有和诗云:"危亭下瞰野,层阁高连甍。起望斗与牛,淮海相奔倾。"

(3) "恨如"二句:化用南唐李煜《清平乐》词:"离恨恰如春草,更行更远还生。"芳草,香草。萋萋,形容草木茂盛的样子。刬(chǎn)尽,削去,铲平。

(4) 青骢(cōng):毛色青白相杂的骏马。《玉台新咏·古诗为焦仲卿妻作》:"踯躅青骢马,流苏金镂鞍。"后多以青骢指称男子所乘之马。

(5) 红袂(mèi):红袖。袂,衣袖,袖口。宋苏辙《记岁首乡俗寄子瞻》诗:"缟裙红袂临江影,青盖骅骝踏石声。"

(6) 怆然:悲伤貌。唐陈子昂《登幽州台歌》:"念天地之悠悠,独怆然而涕下。"

(7) "无端"句:谓意外地得遇美人。无端,没来由,无缘无故。娉婷,女子姿态娇好的样子,此代指美女。汉辛延年《羽林郎》诗:"不意金吾子,娉婷过我庐。"

(8) "夜月"二句:化用唐杜牧《赠别》诗:"娉娉袅袅十三馀,豆蔻梢头二月初。春风十里扬州路,卷上珠帘总不如。"

(9) 怎奈向:宋时方言,奈何。

(10) 素弦：指素琴的弦。声断：喻男女间感情断绝。唐刘禹锡《许给事见示哭工部刘尚书诗因命同作》："素弦哀已绝，青简叹犹新。"

(11) 翠绡：绿色的薄绢。唐杜牧《题池州弄水亭》诗："弄水亭前溪，飐滟翠绡舞。"

(12) "那堪"二句："弄晚"与下句"笼晴"互文，意谓飞花残雨在作弄晚晴。那堪：怎堪，怎能禁受。

(13) 销凝：销魂凝魂，表示极为怅惘。

【辑评】

[宋] 洪迈《容斋四笔》卷十三：秦少游《八六子》词云："片片飞花弄晚，濛濛残雨笼晴。正销凝，黄鹂又啼数声。"语句清峭，为名流推激。予家旧有建本《兰畹曲集》，载杜牧之一词，但记其末句云："正销魂，梧桐又移翠阴。"秦公盖效之，似差不及也。

[宋] 张炎《词源》卷下："春草碧色，春水绿波。送君南浦，伤如之何"，words情至于离，则哀怨必至。苟能调感怆于融会中，斯为得矣。……秦少游《八六子》词云（词略）。离情当如此作，全在情景交炼，得言外意，有如"劝君更尽一杯酒，西出阳关无故人"，乃为绝唱。

[明] 杨慎《草堂诗馀》批语：周美成词"愁如春后絮，来相接"，与（少游）"恨如芳草，划尽还生"，可谓极善形容。

[明] 陈霆《渚山堂词话》卷一：少游《八六子》尾阕云："正销凝，黄鹂又啼数声。"唐杜牧之一词，其末云："正销魂，梧桐又移翠阴。"秦词全用杜格。然秦首句云："倚危亭，恨如芳草，萋萋划尽还生。"二语妙甚，故非杜可及也。

[清] 周济《宋四家词选》评此词起句（"倚危亭"）：神来之笔。

[清] 丁绍仪《听秋声馆词话》卷二：秦少游《八六子》云（词

略),与李演词云:"乍鸥边,一番腴绿,流红又怨蘋花。看晚吹、约晴归路,夕阳分落渔家。轻云半遮。　萦情芳草无涯。还报舞香一曲,玉瓢几许春华。正细柳轻烟,旧时芳陌,小桃朱户,去年人面,谁知此日重来系马,东风淡墨鼓鸦。黯窗纱。人归绿阴自斜。"字句平仄如一,惟李词首句不起韵,第五句用韵,与秦稍异。《词律》谓秦词恐有讹处,未必然也。至秦词"奈回首"作"怎奈向",李词"玉瓢"作"玉飘",均系传抄之误。

[清]陈廷焯《词则·大雅集》卷二:寄慨无端。

[近代]俞陛云《唐五代两宋词选释》:结句清婉,乃少游本色。起笔三句,独用重笔,便能振起全篇。

[现代]唐圭璋《唐宋词简释》:此首起处突兀,中间叙情委婉,末以景结,倍见含蓄。

[现代]龙榆生《苏门四学士词·秦观》:如此阕(指《满庭芳》〔山抹微云〕)之"斜阳"三句,与《八六子》(词略),其尤著者也。此类最为少游出色当行之作。

[现代]缪钺《灵谿词说·论杜牧与秦观〈八六子〉词》:到北宋中期,秦观也作了一首《八六子》词,虽然也多少承受了杜牧词的影响,但是在艺术风格方面,却是青出于蓝而胜于蓝了。……秦观这首《八六子》,论艺术是很精美的。他写离情并不直说,而是融情于景,以景衬情,也就是说,把景物融于感情之中,使景物更鲜明而具有生命力,把感情附托在景物之上,使感情更为含蓄深邃。……从章法来说,忽而写现实,忽而写过去,交插错综,颇似近来电影中所用的艺术手法;从用笔来说,极为轻灵,空际盘旋,不着重笔;从声律来说,《八六子》这个词调,音节舒缓,回旋宕折,适宜于表达凄楚幽咽之情,读起来觉得如听溪水从山岩中曲折流出的玎琮之音。

[现代]叶嘉莹《灵谿词说·论秦观词》:其中的"夜月一帘幽梦,春风十里柔情"两句,次句虽然是用的杜牧之诗意,但放在此一

联中,却因为与前面的"夜月一帘"相映衬且相对偶,于是"春风十里"便也成了一个鲜明的形象,而继之以"幽梦"、"柔情",遂使得抽象之情思,都加上了具象的形容。

[现代]马兴荣《名家词鉴赏》:上片写眼前景以及眼前景引起的回忆和别离之恨。下片写分别再进一步,想到分别之前。"无端天与娉婷,夜月一帘幽梦,春风十里柔情"是说老天无缘无故地赐给我一个美女,我们在静静的夜晚,满帘的月光下,沉浸在美梦之中;在繁华的都市,温柔的春风中,沉浸在温柔的感情里。"怎奈向、欢娱渐随流水","怎奈向"也作"争奈向"是宋朝时方言,意思是"怎奈"或"奈何"。"欢娱渐随流水"是说欢乐很快像流水一样逝去。"渐"在这里不是逐渐的意思,而是"加剧"的意思。"素弦声断,翠绡香减;那堪片片飞花弄晚,濛濛残雨笼晴",琴声听不到了,赠给的青绿色丝巾的香味已经淡了,更那堪晚风中落花片片,乍晴之后依旧残雨濛濛。这里应注意"弄"和"笼"两个字,词人不说晚风吹落花,而说飞花嬉弄在晚风中,不说不出太阳又下雨,而说残雨笼罩了晴天,十分形象、生动。

风 流 子[1]

东风吹碧草,年华换、行客老沧洲[2]。见梅吐旧英,柳摇新绿,恼人春色[3],还上枝头。寸心乱,北随云黯黯,东逐水悠悠。斜日半山,暝烟两岸,数声横笛[4],一叶扁舟[5]。　青门同携手[6],前欢记,浑似梦里扬州[7]。谁念断肠南陌[8]?回首西楼[9]。算天长地久,有时有尽,奈何绵绵,此恨难休[10]。拟待倩人说与[11],生怕人愁。

【总说】

此词作于绍圣元年(1094)春。是年秦观四十六岁,在由汴京被贬往杭州的途中写下这首词,黄昇《唐宋诸贤绝妙词选》词题作《初春》。此词全篇写途中所见所思,从字面上看是一首吟咏离情的作品,在对离愁别绪的描摹中也流露出词人的迁客情怀。如"东风吹碧草,年华换、行客老沧洲",颇有词人年华老去,功业未就,遭际艰蹇多舛的哀怨。"寸心乱,北随云黯黯,东逐水悠悠",带有迷茫的漂泊之感。此词于男女相思离别中寄寓身世之感,情调凄迷感伤。

【注释】

(1) 风流子:词调名。本唐教坊曲名,唐人之作为单调小令,宋人衍为慢词。

(2) 行客:行人,出门在外之人。汉刘向《列女传·阿谷处女》:"行客之人,嗟然永久,分其资财,弃于野鄙。"沧洲:水滨之地。

古时常用以称隐士的居处。三国魏阮籍《为郑冲劝晋王笺》："临沧洲而谢支伯,登箕山以揖许由。"

(3) 恼人春色：宋王安石《夜直》诗："春色恼人眠不得,月移花影上阑干。"恼人,撩拨人。

(4) 横笛：笛子。即今七孔横吹之笛,与古笛之直吹者相对而言。唐张巡《闻笛》诗："旦夕更楼上,遥闻横笛音。"

(5) 一叶扁(piān)舟：指小船。

(6) 青门：汉时长安城东南门,此借指汴京城门。《三辅黄图·都城十二门》："长安城东出南头第一门曰霸城门。民见门色青,名曰青城门,或曰青门。门外旧出佳瓜,广陵人召平为秦东陵侯,秦破,为布衣,种瓜青门外。"青门外有霸桥,汉人送客至此桥,折柳赠别。后因以"青门"泛指游冶、送别之处。南朝梁何逊《车中见新林分别甚盛》诗："金谷宾游盛,青门冠盖多。"

(7) "前欢"句：化用唐杜牧《遣怀》诗："十年一觉扬州梦,赢得青楼薄幸名。"前欢,昔日的欢娱。南唐冯延巳《鹊踏枝》词："历历前欢无处说,关山何日休离别?"浑似,非常像,酷似。

(8) 南陌：南面的道路。此指汴京郊外。

(9) 西楼：梁庾肩吾《奉和春夜应令》诗："天禽下北阁,织女入西楼。"后多指女子居所。宋晏殊《清平乐》词："斜阳独倚西楼,遥山恰对帘钩。"

(10) "算天长"四句：化用唐白居易《长恨歌》："天长地久有时尽,此恨绵绵无绝期。"绵绵,延续不绝的样子。

(11) 拟待：打算。倩人：请人。倩,请求。

【辑评】

[明]李攀龙《草堂诗馀隽》卷一此词眉批：人倚栏杆,夜不能寐。时有尽,恨无休,自尔辗转百出。又总评：触景伤怀,言言新

巧，不涉人间蹊径。

　　[清]黄苏《蓼园词选》：此必少游被谪后念京中旧友而作，托于怀所欢之辞也。情致浓深，声调清越，回环雒诵。真能奕奕动人者矣！

　　[近代]俞陛云《唐五代两宋词选释》："寸心乱"三句，极写离愁之无限，以下"斜日"、"暝烟"四叠句，遂一气奔赴，更觉力量深厚。下阕"天长地久"四句，虽点化乐天《长恨歌》，而以"倩人说与"句融纳之，便运古入化，弥见情深。

梦 扬 州[1]

晚云收。正柳塘、烟雨初休[2]。燕子未归,恻恻轻寒如秋[3]。小栏外、东风软,透绣帏、花蜜香稠。江南远,人何处?鹧鸪啼破春愁[4]。　　长记曾陪燕游[5]。酹妙舞清歌,丽锦缠头[6]。殢酒为花[7],十载因谁淹留[8]?醉鞭拂面归来晚,望翠楼、帘卷金钩[9]。佳会阻[10],离情正乱,频梦扬州。

【总说】

此词盖作于元丰二年(1079)。词写相思,以清丽缠绵的笔调表现了分离两地恋人的寂寞与思慕。但也有学者认为该词是以艳语写乡情。据秦瀛《淮海先生年谱》,宋元丰二年(1079)正月十五日,少游将如越省亲,"会苏公自徐徙知湖州,遂与偕行,过无锡,游惠山……又会于松江,至吴兴,泊西观音院。"在《泊吴兴西观音院》诗中,少游写道:"志士耻沟渎,征夫念桑梓。揽衣轩楹间,啸歌何穷已。"可见怀念桑梓之情,尝见之于吟啸。此词歇拍"离情正乱,频梦扬州",写的正是这种心情。

【注释】

(1) 梦扬州:词调名,秦观创调。《词谱》云:"此调只此一词,无别首可校。"

(2) 柳塘:周围植柳的池塘。

(3) "燕子"二句:指春社(立春后第五个戊日)前春寒料峭。燕子于春社来,秋社去,燕子未归,当指春社之前。恻恻(cè),寒冷,这里形容春寒。唐韩偓《寒食夜》诗:"恻恻轻寒剪剪风,杏花飘雪小桃红。"

(4) 鹧鸪(zhègū):鸟名,背部和腹部黑白两色相杂,栖息于灌木丛和疏树的山地。《太平御览》引《异物志》:"鹧鸪其形似雌鸡,其志怀南不思北,其名自呼'但南不北'。"故古人诗文中常用以表示思念故乡。唐郑谷《席上贻歌者》诗:"座中亦有江南客,莫向春风唱鹧鸪。"

(5) 燕游:宴饮游乐,即宴游。

(6) 丽锦缠头:指赏给歌妓的彩物。《太平御览》引《唐书》:"旧俗赏歌舞人,以锦彩置之头上,谓之缠头。"白居易《琵琶行》:"五陵年少争缠头,一曲红绡不知数。"丽锦,华丽的丝织品。

(7) 殢(tì)酒:沉溺于酒,或醉酒。殢,沉溺于。唐李商隐《魏侯第东北楼堂郢叔言别……》诗:"锁香金屈戌,殢酒玉昆仑。"

(8) "十载"句:化用唐杜牧《遣怀》诗:"十年一觉扬州梦,赢得青楼薄幸名。"淹留,长期逗留,滞留。

(9) 翠楼:特指妇女居处。唐王昌龄《闺怨》诗:"闺中少妇不知愁,春日凝妆上翠楼。"

(10) 佳会:特指男女欢会。宋柳永《曲玉管》词:"暗想当初,有多少幽欢佳会。"

【辑评】

[清]万树《词律》卷十四:如此丰度,岂非大家杰作!乃为伧父填错注错,可叹哉!"燕子"至"香稠",与后"殢酒"至"金钩"同,"燕子""殢酒"俱用去上,妙绝。"未"字、"因"字用去声,是定格。盖上面用去上,下面用平,此字非去声不足以振起。况有此去字,则落下"轻寒如秋"与"因谁淹留"四个平声字,方为抑扬有调。不解此义,于"燕"、"殢"、"未"、"因"四字,俱注可平,"寒"、"谁"二字,

俱注可仄,有此《梦扬州》乎?

　　[清]杜文澜《词律》补注:按《词谱》:"正柳塘烟雨初休"句,"柳塘"下有"花坞"二字;又"人何处"句,"人"字下有"今"字。《词纬》、《叶谱》均同,应遵补。

一丛花

年时今夜见师师⁽¹⁾,双颊酒红滋。疏帘半卷微灯外,露华上、烟袅凉飔⁽²⁾。簪髻乱抛⁽³⁾,偎人不起,弹泪唱新词。佳期谁料久参差⁽⁴⁾?愁绪暗萦丝。想应妙舞清歌罢,又还对、秋色嗟咨⁽⁵⁾。惟有画楼,当时明月,两处照相思⁽⁶⁾。

【总说】

据徐培均先生《淮海居士长短句笺注》考证,此词盖为元祐五年(1090)八月中秋前后作于汴京。在此后不久的元祐六年,词人因创作青楼之词而遭到贾易和赵君锡的弹劾,被罢去秘书省正字一职。少游善写男女情爱,"文丽而思深",此词便是赠给一位名叫师师的歌妓的。该词的妙处在于写出了一种名妓的风情韵致,纯用白描,文字精巧清丽,音韵谐畅和美,感情深厚细致。

【注释】

(1)年时:宋时方言,当年,那时。此词中"年时"应为前一年。师师:当时名妓。北宋政和间有名妓李师师,为宋徽宗所眷恋。据张邦基《墨庄漫录》载,"政和间(1111—1118),李师师、崔念月二妓,名著一时"。据词创作年代推断,此词中之师师,与李师师决非同一人。宋罗烨《醉翁谈录》"三妓挟柳耆卿作词"一则,中有一妓名张师师。据此,则宋时歌妓名师师盖一时之习俗。按南宋佚名《李师师外传》:"李师师者,汴京东二厢永庆坊染局匠王寅之女也。……寅怜其女,乃为舍身宝光寺。……为佛弟子者,俗呼为

'师',故名之曰师师。"可知取名师师之缘由。

(2) 凉飔(sī):凉风。南朝齐谢朓《在郡卧病呈沈尚书》诗:"珍簟清夏室,轻扇动凉飔。"

(3) 簪髻:用簪插定发髻。簪,古人用来插定发髻或连冠于发的一种长针。

(4) 参差(cēn cī):乖违,蹉跎。唐李白《送梁四归东平》诗:"莫学东山卧,参差老谢安。"

(5) 嗟咨:慨叹。

(6) "当时明月"二句:化用唐杜甫《月夜》诗:"今夜鄜州月,闺中只独看。……何时倚虚幌,双照泪痕干。"宋晏几道《临江仙》词:"当时明月在,曾照彩云归。"

【辑评】

[清]吴衡照《莲子居词话》卷二:宋徽宗在五国城为李师师作小传,刻于临安榷场,今亡之矣。考秦少游词"看遍颍川花,不似师师好",又"年来今夜见师师"。少游卒于绍圣间(案:应为元符三年),是师师之生,必在元祐初。《东京梦华录》:"李师师,汴京角妓,有侠气,号飞将军。"《汴都平康记》:"政和平康之盛,李师师、崔念月皆著名。李生门第尤峻。"《宣和遗事》:"师师旧婿武功郎贾奕赋《南乡子》云云,由是贬琼州,事与周美成相类。宣和六年,册师师为明妃。"自元祐初,历绍圣、元符、建中靖国、崇宁、大观、政和、重和,至宣和六年(1124),已三十余年,师师年三十余矣。《宣和遗事》言金兵至,明妃见废,走湖湘,为商人所得。刘屏山诗:"辇毂繁华事可伤,师师垂老过湖湘。缕衣檀板无颜色,一曲当年动帝王。"与《宣和遗事》正合。《汴都平康记》谓靖康中,师师与同辈赵元奴及筑球吹笛袁绚、武震,例籍其家。李生流落来浙中,士大夫邀使歌以听焉。《浩然斋雅谈》又谓:"师师后人内封瀛国夫人。"朱希真诗:"解唱《阳关》别调声,前朝惟有李夫人。"即师师也。

满 庭 芳

　　山抹微云,天连衰草,画角声断谯门⑴。暂停征棹⑵,聊共引离樽⑶。多少蓬莱旧事,空回首、烟霭纷纷。斜阳外,寒鸦万点,流水绕孤村⑷。　　销魂⑸。当此际,香囊暗解⑹,罗带轻分⑺。漫赢得青楼,薄幸名存⑻。此去何时见也？襟袖上、空惹啼痕。伤情处,高城望断,灯火已黄昏。

【总说】

　　据徐培均先生《淮海居士长短句笺注》考证,此词乃元丰二年(1079)岁暮作于会稽,所写的是与越地一位歌妓的恋情,其中也寄托个人身世之感。这是秦观词长调中的名作,在当时便有"《满庭芳》一曲,唱遍歌楼"的盛况。此词发端尤为人所称道:"山抹微云",一个"抹"字,用得新奇生动,勾勒出一种画面感;"天连衰草",描绘出一种独立苍茫的景象。词人将自己的感情色彩融入自然景物的摹写中,使其染上了一层凄迷的色彩,烘托了离情。"多少"两句宕开一层,化实为虚,将往事的慨叹与眼前的景物联系在了一起,使人感到无处不是烟霭,无处不是离愁。"斜阳外,寒鸦万点,流水绕孤村",出语自然,意境深幽,声情婉美,为全文警句。词上片朦胧含蓄,下片点明离情。清人周济在此处评曰:"将身世之感,打并入艳情,又是一法。"(《宋四家词选》)这首词中蕴含着一种无奈的漂泊感与人生无常的悲凉情绪,余味深永。

【注释】

(1) 画角：古代军中管乐器，以竹木或皮革为之，亦有用铜者，外加彩绘，故曰画角。发音哀厉高亢，古代军中多用以警昏晓，振士气。唐高适《送浑将军出塞》诗："城头画角三四声，匣里宝刀昼夜鸣。"谯(qiáo)门：城门楼，"古者为楼以望敌阵"(周祈《名义考》)。

(2) 征棹(zhào)：行舟。棹，船桨。北周庾信《应令》诗："浦喧征棹发，亭空送客还。"

(3) 聊：暂且。引离樽：举起饯别的酒杯。樽，酒杯。

(4) "寒鸦"二句：化用隋炀帝诗："寒鸦千万点，流水绕孤村。"

(5) "销魂"句：南朝梁江淹《别赋》："黯然销魂者，惟别而已矣。"

(6) 香囊：古代男女定情之物。汉繁钦《定情诗》："何以致叩叩？香囊系肘后。"

(7) 罗带：也是古代男女定情之物。宋林逋《长相思·惜别》词："君泪盈，妾泪盈，罗带同心结未成。"

(8) "漫赢得"二句：化用唐杜牧《遣怀》诗："十年一觉扬州梦，赢得青楼薄幸名。"漫，徒然。青楼，指风月场所。薄幸，薄情负心。

【辑评】

[宋] 黄昇《花庵词选》卷二苏子瞻《永遇乐·夜登燕子楼梦盼盼因作此词》附注：秦少游自会稽入京，见东坡。坡曰："久别当作文甚胜，都下盛唱公'山抹微云'之词。"秦逊谢。坡遽云："不意别后，公却学柳七作词。"秦答曰："某虽无识，亦不至是。先生之言，无乃过乎？"坡云："'销魂当此际'，非柳词句法乎？"秦惭服。然已流传，不复可改矣。

[宋] 胡仔《苕溪渔隐丛话》后集卷三十三引严有翼《艺苑雌黄》：

其词极为东坡所称道,取其首句,呼之为"山抹微云君"。中间有"寒鸦万点,流水绕孤村"之句,人皆以为少游自造此语,殊不知亦有所本。予在临安,见平江梅知录云:"隋炀帝诗云:'寒鸦千万点,流水绕孤村。'少游用此语也。"

[宋]魏庆之《诗人玉屑》卷二十一引晁无咎评:近世以来作者,皆不及秦少游。如"斜阳外,寒鸦数点,流水绕孤村",虽不识字,亦知是天生好言语。

[宋]叶梦得《避暑录话》卷三:秦少游亦善为乐府,语工而入律,知乐者谓之作家歌,元丰间盛行于淮楚。"寒鸦千万点,流水绕孤村",本隋炀帝诗也,少游取以为《满庭芳》词,而首言"山抹微云,天粘衰草",尤为当时所传。苏子瞻于四学士中最善少游,故他文未尝不极口称善,岂特乐府?然尤以气格为病,故尝戏云:"山抹微云秦学士,露华倒影柳屯田。""露华倒影",柳永《破阵子》语也。

[明]王世贞《艺苑卮言》:"寒鸦千万点,流水绕孤村",隋炀帝诗也。"寒鸦数点,流水绕孤村",少游词也,语虽蹈袭,然入词尤是当家。

[清]贺贻孙《诗筏》:余谓此语在隋炀帝诗中,只属平常,入少游词特为妙绝。盖少游之妙,在"斜阳外"三字,见闻空幻。又"寒鸦"、"流水",炀帝以五言划为两景,少游用长短句错落,与"斜阳外",三景合为一景,遂如一幅佳图。此乃点化之神,必如此,乃可用古语耳。

[清]朱彝尊《词综·发凡》:"山抹微云秦学士"、"露华倒影柳屯田"、"晓风残月柳三变"、"滴粉搓酥左与言":一句之工,形诸口号。当日风尚所存,甄藻自尔不爽。

[清]吴衡照《莲子居词话》卷一:词有袭前人语而得名者,虽大家不免,如方回"梅子黄时雨"、耆卿"杨柳岸、晓风残月"、少游"寒鸦数点,流水绕孤村"、幼安"是他春带愁来,春归何处,却不解、

带将愁去"等句。惟善于调度,正不以有蓝本为嫌。

[清] 邓廷桢《双砚斋词话》:秦淮海为苏门四客之一,《满庭芳》一曲,唱遍歌楼。其前阕云:"斜阳外,寒鸦万点,流水绕孤村。"虽不识字人,亦知为好言语。

[清] 沈祥龙《论词随笔》:诗重发端,惟词亦然,长调尤重。有单起之调,贵突兀笼罩,如东坡"大江东去";有对起之调,贵从容整练,如少游"山抹微雨,天粘衰草"是。

[清] 陈廷焯《白雨斋词话》卷一:少游《满庭芳》诸阕,大半被放后作。恋恋故国,不胜热中。其用心不逮东坡之忠厚,而寄情之远,措语之工,则各有千古。

[近代] 俞陛云《唐五代两宋词选释》:起三句写凉秋风物,一片萧飒之音,已隐含离思。四、五两句叙明停鞭饯别,此后若接写别离,便落恒径。作者用拓宕之笔,追怀往事,局势振起,且不涉儿女语,而托之蓬岛烟云,尤见超逸。"斜阳外"三句,传神绵渺,向推隽永。下阕纯叙离情。结笔返棹归来,登城遥望征帆,已隔数重烟浦,阑珊灯火,只益人悲耳。

[现代] 陈寅恪《柳如是别传》第三章论陈子龙《满庭芳·和少游送别》:不知淮海"山抹微云"原词,虽题作"晚景",实是"别妓"。盖不仅从语意得知,即秦词"高城望断,灯火已黄昏"之结语,用唐欧阳詹别太原妓申氏姊妹之典,更为可证也。

[现代] 唐圭璋《唐宋词选释》:此首写别情,缠绵凄惋。"山抹"两句,写别时所见景色,已是堪伤。"画角"一句,写别时所闻,愈加肠断。……"斜阳外"三句,更就眼前郊景描写,想见断肠人在天涯之苦况。下片,离怀万种,愈思愈悲。

[现代] 龙榆生《苏门四学士词·秦观》:而《满庭芳》"山抹微云"篇,即作客于会稽时。(词略)其伤离念远之作,类此者甚多;而其技术之精进,则在"情景交炼,得言外意"(《词源》卷下),如此阕

之"斜阳"三句……

[现代]叶嘉莹《灵谿词说·论秦观词》：而他的《满庭芳》（山抹微云）一首,其中的"多少蓬莱旧事,空回首、烟霭纷纷。斜阳外,寒鸦数点,流水绕孤村",则是将无限怀思感旧之情,都融入了外在的烟霭、斜阳、寒鸦、流水的景色之中了。

满 庭 芳

红蓼花繁(1),黄芦叶乱,夜深玉露初零。霁天空阔(2),云淡楚江清(3)。独棹孤篷小艇,悠悠过、烟渚沙汀(4)。金钩细,丝纶慢卷(5),牵动一潭星。　时时横短笛,清风皓月,相与忘形(6)。任人笑生涯,泛梗飘萍(7)。饮罢不妨醉卧,尘劳事、有耳谁听(8)？江风静,日高未起,枕上酒微醒。

【总说】

此词盖元丰二年(1079)中秋前后秦观游览杭州一带时所作。这是一首渔夫词,写江上秋景,渔夫垂钓和醉卧,表达了词人超尘脱俗的出世情怀。少游在元丰元年(1078)落第后,曾受世人嘲笑。其《与苏公先生简》之一云:"某鄙陋不能脂韦婉娈,乖世俗之所好……亲戚游旧,无不悯其愚而笑之。"在《次韵参寥三首》中又云:"屠龙肯自羞无用,画虎从人笑不成。"故这首词里,词人有"任人笑生涯,泛梗飘萍"之语。该词素雅恬淡的意境背后,有着词人无法排遣的苦闷与人生烦恼。

【注释】

(1) 红蓼(liǎo):生于水边的草本植物,开穗状花序的红花,可入药。唐李郢《晚泊松江驿》诗:"片帆孤客晚夷犹,红蓼花前水驿秋。"

(2) 霁天:雨停后的晴空。霁,雨止转晴。

(3) 楚江:指长江中下游,因古属楚国,故称。唐李白《望天门山》诗:"天门中断楚江开,碧水东流至此回。"

(4)烟渚沙汀:唐孟浩然《宿建德江》诗:"移舟泊烟渚,日暮客愁新。"南朝梁江淹《灵丘竹赋》:"郁春华于石岸,艳夏彩于沙汀。"渚、汀,水边小洲。

(5)丝纶:钓竿上的线。唐佚名《渔父词》:"料理丝纶欲放船,江头明月向人圆。"

(6)忘形:超然尘世,忘却自身。《庄子·让王》:"故养志者忘形,养形者忘利,致道者忘心矣。"

(7)泛梗飘萍:喻生活漂泊不定。梗,草木的枝、茎或根。萍,浮萍,一种水生草本植物,叶呈椭圆或倒卵形。

(8)尘劳事:佛家语,纷扰的俗事。《圆觉经疏钞》:"尘是六尘,劳谓劳倦,由尘成劳,故名'尘劳'。"

【辑评】

[明]李攀龙《草堂诗馀隽》卷四此词眉批:一丝"牵动一潭星",惊人语也。眠风醉月渔家乐,洵不可谖。又总评:值秋宵之景,驾一叶扁舟于凫渚鸥汀之中,潇洒脱尘,有嚣嚣然自得之意。

[清]陈廷焯《词则·大雅集》卷二评"金钩细"三句:警绝。

满 庭 芳

碧水惊秋,黄云凝暮,败叶零乱空阶。洞房人静⁽¹⁾,斜月照徘徊。又是重阳近也⁽²⁾,几处处、砧杵声催⁽³⁾。西窗下,风摇翠竹,疑是故人来⁽⁴⁾。　　伤怀。增怅望,新欢易失,往事难猜。问篱边黄菊,知为谁开⁽⁵⁾?漫道愁须殢酒,酒未醒、愁已先回。凭栏久,金波渐转⁽⁶⁾,白露点苍苔。

【总说】

据徐培均先生《淮海居士长短句笺注》考证,此词宋绍圣四年(1097)重阳节前作于郴州。全词紧扣重阳节候的特点,通过描绘衰飒的秋景,营造了一个荒寒凄楚的氛围。"几处处、砧杵声催",说的是处处人家正在赶制寒衣,准备寄给征人,而迁谪中的词人也油然而生怀人思乡之情。"西窗下,风摇翠竹,疑是故人来",轻灵洒脱之语中暗含着词人的孤独与落寞。换头"增怅望"三字,点出词人的愁绪;"新欢易失,往事难猜",或许是感慨一段恋情,或许是贬谪后的故园家国之思;"漫道愁须殢酒,酒未醒、愁已先回",蕴有难言之悲哀;"凭栏久,金波渐转,白露点苍苔",全词最终又落到眼前的景物上,蕴含深远,言尽而意不尽。

【注释】

(1) 洞房:深邃的内室。南朝齐谢朓《奉和随王殿下》诗之四:"星回夜未艾,洞房凝远情。"

(2) 重阳:农历九月九日,又称"重九"。南朝梁宗懔《荆楚岁时记》:"九月九日,四民并藉野饮宴。"唐杜公瞻注谓此日有登高、食饵(糕)、饮菊花酒、佩茱萸的风俗。唐王维《九月九日忆山东兄弟》诗:"独在异乡为异客,每逢佳节倍思亲。"

(3)砧杵(zhēn chǔ):捣衣石与棒槌。南朝梁何逊《赠族人秣陵兄弟》:"萧索高秋暮,砧杵鸣四邻。"

(4)"西窗下"三句:化用唐李益《竹窗闻风寄苗发司空曙》诗:"微风惊暮坐,临牖思悠哉。开门复动竹,疑是故人来。"

(5)"问篱边"二句:借菊为言,寄托词人的故园家国之思。从唐杜甫《九日寄岑参》"是节东篱菊,纷披为谁秀"化出。

(6)金波:谓月光,也指月。《汉书·礼乐志》:"月穆穆以金波。"颜师古注:"言月光穆穆,若金之波流也。"苏轼《洞仙歌》词:"金波淡,玉绳低转。"

【辑评】

[明]李攀龙《草堂诗馀隽》卷四眉批:待月迎风,情怀如诉。酒堪破愁,真愁非酒能破。评语:托意高远,措词洒脱,而一种秋思,都为故人。辗转诵者,当领之言先。

[明]沈际飞《草堂诗馀》正集卷三:(上阕)经少游手随分铺写,定尔闲雅高适。("漫道"三句)此意道过矣,萦人不休。

[清]黄苏《蓼园词选》:亦应是在谪时作。"风摇"二句,写得蕴藉,非故人也,风也,能弗黯然?"酒未醒,愁已先回",意亦曲而能达。结句清远。

[清]陈廷焯《词则·大雅集》卷二:《满庭芳》诸阕,大半被放后作,恋恋故国,不胜热中。其用心不逮东坡之忠厚,而寄情之远,措语之工,则各有千古也。

江 城 子

　　西城杨柳弄春柔⁽¹⁾。动离忧,泪难收。犹记多情、曾为系归舟。碧野朱桥当日事⁽²⁾,人不见,水空流。　　韶华不为少年留⁽³⁾。恨悠悠,几时休?飞絮落花、时候一登楼。便做春江都是泪⁽⁴⁾,流不尽,许多愁。

【总说】

　　此词为宋绍圣元年(1094)春三月所作。北宋熙宁、元丰间,王安石为首的新党执政,推行新法。元丰八年(1085),哲宗嗣位,高太后垂帘听政,逐渐废去新法,起用旧党。苏轼及其弟子相继起用,在汴京饮酒赋诗,备极欢愉。但哲宗亲政之后,主绍述之说,罢黜元祐旧臣。少游以"影附"苏轼,由国史院编修改馆阁校勘,出为杭州通判,行前重游城西金明池,抚今追昔,感慨身世,写下此词。词上片写昔日与元祐旧臣同游西城的回忆,以杨柳起兴,物是人非,徒增惆怅。下片写今时的感受,抒发了离京远谪的离忧。

【注释】

　　(1) 西城杨柳:汴京顺天门外有金明池、琼林苑等处,宋孟元老《东京梦华录》谓"池之东岸,临水近墙,皆垂杨",故此词曰"西城杨柳"。古人有折柳送别的习俗,写杨柳往往寓含离别之意。

　　(2) 碧野朱桥:指金明池上桥梁。《东京梦华录》:"(水殿)西去数百步,乃仙桥,南北约数百步,桥面三虹,朱漆栏楯,下排雁柱,中央隆起,谓之'骆驼虹',若飞虹之状。"

(3) 韶华：青春年华。唐李贺《嘲少年》诗："莫道韶华镇长在，发白面皱专相待。"

(4) "便做"三句：化用南唐李煜《虞美人》词："问君能有几多愁，恰似一江春水向东流。"便做，即使，纵使。

【辑评】

[明]杨慎批《草堂诗馀》：(下阕歇拍)此结语又从坡公结语转出，更进一步。

[明]张綖刻本《淮海居士长短句》词末附注：词人佳句多是翻案古人语，如淮海此词"便做春江都是泪，流不尽，许多愁"，可谓警句。虽用李密《数隋檄》语，亦自李后主"问君能有几多愁，却似一江春水向东流"变化。名家如此类者，不可枚举，亦一法也。

[明]沈际飞《草堂诗馀》正集卷二：前结似谢（灵运），后结似苏（轼），易其名，几不能辨。李后主"问君能有几多愁，恰似一江春水向东流"，少游翻之，文人之心，浚于不竭。

[清]陈廷焯《词则·大雅集》卷二："飞絮"九字凄咽。以下尽情发泄，却终未道破。

[近代]俞陛云《唐五代两宋词选释》：结尾二句，与李后主之"恰似一江春水向东流"、徐师川之"门外重重叠叠山，遮不断，愁来路"，皆言愁之极致。

[现代]程千帆、吴新雷《两宋文学史》：从历史发展上看，我们不妨说，《淮海词》凄婉感伤的情调，是与李后主、晏几道一脉相承的。如《江城子》：(本词略)这是对于一个离别场面的荡气回肠的回忆。结尾翻用了李后主《虞美人》中的名句"问君能有几多愁，恰似一江春水向东流"，使得全篇更加精警，而其追踪李、晏，也显然可见。

鹊 桥 仙

纤云弄巧[1],飞星传恨[2],银汉迢迢暗度[3]。金风玉露一相逢,便胜却、人间无数[4]。　　柔情似水,佳期如梦,忍顾鹊桥归路[5]。两情若是久长时,又岂在、朝朝暮暮[6]?

【总说】

这是一首咏七夕的节序词。词中明写天上双星,暗写人间情侣。借牛郎织女的悲欢离合,歌颂坚贞诚挚的爱情。结句"两情若是久长时,又岂在朝朝暮暮"最有境界,这两句既切合七夕主题,又表述了作者的爱情观,是高度凝练的名言佳句。其抒情,以乐景写哀,以哀景写乐,展示了七夕独有的抒情氛围。

【注释】

(1) 纤云:轻盈的云彩。弄巧:指云彩在空中幻化成各种巧妙的花样。此处暗喻七夕。旧时七夕有乞巧的风俗。南朝梁宗懔《荆楚岁时记》:"七月七日为牵牛、织女聚会之夜。是夕,人家妇女结彩缕,穿七孔针,或以金银鍮石为针,陈瓜果于庭中以乞巧。"

(2) 飞星:流星。一说指牵牛、织女二星。

(3) 银汉:银河。迢迢:遥远的样子。暗度:悄悄渡过。

(4) 金风玉露:指秋风白露。唐李商隐《辛未七夕》诗:"由来碧落银河畔,可要金风玉露时。"唐李郢《七夕》诗:"乌鹊桥头双扇开,年年一度过河来。莫嫌天上稀相见,犹胜人间去不回。"

(5) 忍顾:怎忍回视。

(6) 朝朝暮暮：指朝夕相聚。战国楚宋玉《高唐赋》："妾在巫山之阳,高丘之阻,旦为朝云,暮为行雨,朝朝暮暮,阳台之下。"

【辑评】

　　[明] 李攀龙《草堂诗馀隽》卷三眉批：相逢胜人间,会心之语。两情不在朝暮,破格之谈。七夕歌以双星会少别多为恨,独少游此词谓"两情若是久长"二句,最能醒人心目。

　　[明] 沈际飞《草堂诗馀》正集卷二：七夕以双星会少别多为恨,(少游此词)独谓情长不在朝暮,化臭腐为神奇。

　　[清] 黄苏《蓼园词选》：按七夕歌以双星会少别多为恨,少游此词谓两情若是久长,不在朝朝暮暮,所谓化臭腐为神奇。凡咏古题,须独出新裁,此固一定之论。少游以坐党籍被谪,思君臣际会之难,因讬双星以写意;而慕君之念,婉恻缠绵,令人意远矣。

　　[近代] 俞陛云《唐五代两宋词选释》：夏闰庵云："七夕词最难作,宋人赋此者,佳作极少,惟少游一词可观,晏小山《蝶恋花》赋七夕尤佳。"

　　[近代] 吴梅《词学通论》第七章《概论》二《秦观》：《鹊桥仙》云："两情若是久长时,又岂在朝朝暮暮。"《千秋岁》云："春去也,飞红万点愁如海。"《浣溪沙》云："自在飞花轻似梦,无边丝雨细如愁。"此等句,皆思路沉着,极刻画之工,非如苏词之纵笔直书也。北宋词家以缜密之思,得道劲之致者,惟方回与少游耳。

　　[现代] 唐圭璋、潘君昭《秦观评传》：秦观平生对待师友兄弟都极真诚,并曾有《鹊桥仙》词歌颂真挚的爱情(词略)。先从星汉迢迢联系到爱情的天长地久。再想像牛郎织女七夕相会,难舍难分。结末点出两情的久长与否并不在于朝暮相会,可说是情高意深。

　　[现代] 马兴荣《名家词鉴赏》：整首词是写天上牛郎织女的不

幸遭遇和他们真挚不移的爱情的。但同时也表达了人间的词人自己半生潦倒，长别久离的痛苦生活和对爱情的忠贞。可以说，这首词写的是天上也是人间，是神话也是人事。亦天亦人，天人浑然。

　　［现代］顾易生《唐宋词鉴赏集》本篇赏析：然而秦观的《鹊桥仙》却又翻出新意，写悲哀中有欢乐，欢乐中有悲哀，刹那中见永恒，平易中见曲折。

菩 萨 蛮

虫声泣露惊秋枕,罗帏泪湿鸳鸯锦(1)。独卧玉肌凉(2),残更与恨长。　　阴风翻翠幔(3),雨涩灯花暗。毕竟不成眠(4),鸦啼金井寒(5)。

【总说】

这是一首闺怨词。在秋夜清冷的氛围里,刻画了闺中思妇寒夜独处的孤寂情怀。该词语言富丽精工,抒情上侧锋用笔,通过环境描写烘托气氛,借助外部渲染以达到以景传情的目的。语少情多,余韵不尽。

【注释】

(1)鸳鸯锦:绣有鸳鸯图案的锦被。《古诗十九首》之十八:"文彩双鸳鸯,裁为合欢被。"

(2)玉肌:形容女性洁白如玉的肌肤。

(3)阴风:冬风,此指寒风、冷风。

(4)"毕竟"句:宋柳永《忆帝京》词:"毕竟不成眠,一夜长如岁。"

(5)金井:井的美称。唐李白《长相思》诗:"长相思,在长安,络纬秋啼金井阑。"王琦注:"古乐府多有玉床金井之辞,盖言木石美丽,价值金玉云耳。"

【辑评】

[明]沈际飞《草堂诗馀》卷二眉批:惟其恨长,是以眠为不成。

〔明〕卓人月《古今词统》卷五:"毕竟"二字,写尽一夜之辗转。

〔清〕徐釚《词苑丛谈》卷二引毛先舒云:予读有宋诸公作,虽雅号名家,篇盈什百,若秦观《秋闺》,"慢"、"暗"累押;仲淹《怀旧》,"外"、"泪"莫辨。……故知当时便已纵逸,徒以世无通韵之人,故传伪迄今,莫能弹射。

〔近代〕俞陛云《唐五代两宋词选释》:清丽为邻,且馀韵不尽,颇近五代词意。

减字木兰花⁽¹⁾

天涯旧恨,独自凄凉人不问。欲见回肠⁽²⁾,断尽金炉小篆香⁽³⁾。　　黛蛾长敛⁽⁴⁾,任是东风吹不展。困倚危楼,过尽飞鸿字字愁⁽⁵⁾。

【总说】

此词似为绍圣三年(1096)少游被贬湖南时所作。词抒写了闺中女子倚楼怀人、伤别念远的愁怨。词作紧扣一个"愁"字,开篇即直接切入情事,"天涯"点明距离之远,"旧恨"写出分别之久。接着把哀愁回肠比喻成铜香炉里一寸寸烧断的小篆香。下片以春风拂面而黛蛾不展的画面,道出闺中人离愁之深重。"过尽飞鸿字字愁"一句,既点明了闺中人高楼独倚的凄凉,又暗用"鸿雁传书"的典故,道出其得不到恋人音信的悲凉,以景衬情,言尽而情未尽。

【注释】

(1)减字木兰花:词调名,是《木兰花》(一名《玉楼春》)词调一、三、五七四句各减三字而成,二句一换韵,句句押韵。

(2)回肠:心中辗转,喻愁绪不解。南朝陈徐陵《在北齐与杨仆射书》:"朝千悲而掩泣,夜万绪而回肠。"

(3)"断尽"句:以篆香燃尽、寸寸成灰的情景,比喻女子柔情寸断、孤寂落寞的情怀。篆香,据宋洪刍《香谱》载,是古代一种具有记时功能的香,"近世尚奇者作香,篆其文,准十二辰,分一百刻,凡燃一昼夜而已"。宋梅尧臣《依韵和许待制病起偶书》诗:"龙脑篆香盘屈曲,虎头雕枕剔空嵌。"

(4) 黛蛾:指女子之眉。黛,青黑色颜料,可用以画眉。蛾,蚕蛾的触须弯曲细长,常被用来比喻女子的秀眉。

(5) "过尽"句:鸿雁群飞时常排列成"一"字或"人"字,古时又有"鸿雁传书"之说,故曰"字字愁"。

【辑评】

[近代] 俞陛云《唐五代两宋词选释》:"回肠"二句及"黛蛾"二句,寻常之意,以曲折之笔写出,便生新致。结句含蕴有情。

[现代] 陶尔夫《唐宋词鉴赏》本篇赏析:前人评秦观词说:"少游正以平易近人,故用力者终不到。"(周济《介存斋论词杂著》引董晋卿语)这首词也正以它的"平易近人"而使读者深受感染。但它却并非不"用力",虽"用力"而不露痕迹,是以为高。与秦观《浣溪沙》(漠漠轻寒上小楼)之类作品相比较,即可看出端倪,反映了秦观词的另一种风格。

画 堂 春

落红铺径水平池,弄晴小雨霏霏。杏园憔悴杜鹃啼[1],无奈春归。　柳外画楼独上,凭阑手撚花枝[2]。放花无语对斜晖,此恨谁知?

【总说】

这首词抒发了一种无可名状的怅惘情绪。因其情感表达极为深幽隐微,故后人对词旨有种种猜测。有人联系"杏园憔悴"一语,以为是元丰五年(1082)少游应礼部试落第而归后抒发苦闷之情;有人认为是咏离恨、写闲情;也有人据"柳外画楼独上,凭阑手撚花枝。放花无语对斜晖"之语,推测为孤芳自赏,寄怀才不遇之恨。其实对此尽可不必落实。这首词的佳处在于渲染愁绪而不落言筌,通过一系列的物象与词人的举止,营造出了一种百无聊赖的心绪与凄迷的氛围。上片写景,下片写人,结构明晰而意蕴深远。

【注释】

(1) 杏园:地名,唐朝时为新进士游宴的地方,故址在今陕西西安市郊大雁塔南。词中用"杏园憔悴",暗喻进士落榜。

(2) 凭阑:凭栏。阑,同"栏"。撚(niǎn):以手指持物。

【辑评】

[宋] 胡仔《苕溪渔隐丛话》后集卷三十三:苕溪渔隐曰:(少游)小词云:"落红铺径水平池,弄晴小雨霏霏。杏园憔悴杜鹃啼,

无奈春归。"用小杜诗"莫怪杏园憔悴去,满城多少插花人。"

　　[明]李攀龙《草堂诗馀隽》卷四眉批:春归无奈,深清可掬。谁知此恨,何等幽思! 又评:写出闺怨,真情俱在,末语迫真。

　　[清]沈谦《填词杂说》:填词结句,或以动荡见奇,或以迷离称隽,著一实语,败矣。康伯可:"正是销魂时候也,撩乱花飞。"晏叔原:"紫骝认得旧游踪,嘶过画桥东畔路。"秦少游:"放花无语对斜晖,此恨谁知?"深得此法。

　　[清]黄苏《蓼园词选》:按一篇主意只是时已过而世少知己耳,说来自娟秀无匹。末二句尤为切挚。花之香,比君子德之芳也,所撚者以此,所以无语而对斜晖者以此。既无人知,惟自受自解而已。语意含蓄,清气远出。

　　[现代]叶嘉莹《唐宋词鉴赏辞典》本篇赏析:秦观此句之"放花无语对斜晖",也有极深切之伤春之悲感,但却并未使用如欧阳修所用之"过尽"、"不可添"、"下层檐"等沉重的口吻,而只是极为含蓄地写了一个"放花无语"的轻微的动作和"对斜晖"的凝立的姿态,但却隐然有一缕极深幽的哀感袭人而来。所以继之以"此恨谁知",才会使读者感到其中心之果然有一种难以言说的幽微之深恨。

千秋岁

水边沙外,城郭春寒退。花影乱,莺声碎[1]。飘零疏酒盏,离别宽衣带[2]。人不见,碧云暮合空相对[3]。　　忆昔西池会,鹓鹭同飞盖[4]。携手处,今谁在?日边清梦断[5],镜里朱颜改[6]。春去也,飞红万点愁如海。

【总说】

据徐培均先生《淮海居士长短句笺注》考证,此词宋绍圣三年(1096)春作于处州。这是一首咏迁谪之恨的名篇,苏轼、黄庭坚、李之仪等皆有和作。少游此作将身世之感融入艳情小词,把政治上的蹭蹬与爱情的失意交织在一起,感情深挚悲切。词作于诗人坐元祐党祸,贬杭州通判,又因御史刘拯告他增损《神宗实录》,中途改贬监处州酒税,政治上的打击接踵而来之时。"水边沙外"四句写景,咏春深景色,为春归张目。"飘零疏酒盏"四句写他乡逢春,触景生情,引起词人飘零身世之感。词人受贬远陟,孑然一身,更无酒兴,且种种苦况,使人形影消瘦,衣带渐宽。"人不见"句,以情人相期不遇的惆怅,喻遭贬远离亲友的离愁,是别情,也是政治失意的悲哀。现实的凄凉境遇,自然又勾起他对往日的回忆。下片起句"忆昔西池会,鹓鹭同飞盖",《淮海集》卷九有《西城宴集,元祐七年三月上巳,诏赐馆阁花酒,以中浣日游金明池,琼林苑,又会于国夫人园。会者二十有六人》七律二首,"西池会"即指这次"西城宴集"。可见作者当时在京师供职秘书省,与僚友西池宴集赋诗唱和,是他一生中最得意的时光。抚今追昔,由于政治风云变幻,同僚好友多被贬谪,天各一方,词人不免生发出"日边清梦断,镜里朱颜改。春去也,飞红万点愁如海"的哀叹。此词语言清丽俊逸,感慨深沉,情韵天然。

【注释】

(1)"花影"二句:化用唐杜荀鹤《春宫怨》诗:"风暖鸟声碎,日高花影重。"

(2)"离别"句:化用《古诗十九首》之一:"相去日已远,衣带日已缓。"宋柳永《凤栖梧》词:"衣带渐宽终不悔,为伊消得人憔悴。"

(3)"人不见"二句:化用南朝梁江淹《杂体三十首·休上人怨别》:"日暮碧云合,佳人殊未来。"

(4)"忆昔"二句:回忆元祐七年(1092)三月上巳日,与馆阁诸君西城宴集的盛况。鹓鹭,以鹓鹭飞行整齐有序,喻朝官之班列。鹓,传说中凤一类的鸟。鹭,鹭科涉禽部分种类的通称,有苍鹭、白鹭等。《隋书·音乐志》:"怀黄簪白,鹓鹭成行。"

(5)日边:指皇帝身边,或代指京师。《世说新语·夙惠》:"晋明帝数岁,坐元帝膝上。有人从长安来……因问明帝:'汝意谓长安何如日远?'答曰:'日远,不闻人从日边来,居然可知。'元帝异之。明日集群臣宴会,告以此意,更重问之,乃答曰:'日近。'元帝失色曰:'尔何故异昨日之言邪?'答曰:'举目见日,不见长安。'"后以日边指帝都。

(6)朱颜:红润的脸色,常指青春容颜。南唐李煜《虞美人》词:"雕阑玉砌应犹在,只是朱颜改。"

【辑评】

[宋]胡仔《苕溪渔隐丛话》前集卷五十引惠洪《冷斋夜话》:少游小词奇丽,想见其神情在绛阙道山之间。词曰(略)。

[宋]胡仔《苕溪渔隐丛话》后集卷三十九：《古今词话》以古人好词，世所共知者，易甲为乙，称其所作，仍随其词牵合为说，殊无根蒂，皆不足信也。如秦少游《千秋岁》"水边沙外，城郭春寒退"，末云"春去也，飞红万点愁如海"者，山谷尝叹其句意之善，欲和之而以"海"字难押。陈无己言此词用李后主"问君能有几多愁，恰似一江春水向东流"，但以"江"为"海"耳。洪觉范尝和此词，《题崔徽真子》云："多少事，都随恨远连云海。"晁无咎亦和此词吊少游云："重感慨，惊涛自卷珠沉海。"观诸公所云，则此词少游作明甚，乃以为任世德所作。……皆非也。

[宋]曾敏行《独醒杂志》：少游谪古藤，意忽忽不乐。过衡阳，孔毅甫为守，与之厚，延留，待遇有加。一日，饮于郡斋，少游作《千秋岁》词。毅甫览至"镜里朱颜改"之句，遽惊曰："少游盛年，何为言语悲怆如此？"遂赓其韵以解之。居数日，别去，毅甫送之于郊，复相语终日。为谓所亲曰："秦少游气貌大不类平时，殆不久于世矣。"未几果卒。

[宋]俞文豹《吹剑录》：李颀诗"请量东海水，看取浅深愁。"李后主词"问君还有几多愁，恰似一江春水向东流。"秦少游则以三字尽之，曰："落红万点愁如海。"而语益工。刘改之《多景楼》诗："江流千古英雄泪，山掩诸公富贵羞。"一空前作矣。

[明]沈际飞《草堂诗馀》正集卷二："飘零疏酒盏"两句，是汉魏人诗。

[清]冯金伯《词苑萃编》卷四引《词洁》：秦少游《千秋岁》后结"春去也"三字，要占胜前面许多，攒簇在此收煞。"落红万点愁如海"七字，衔接得力，异样出精彩。

[清]黄苏《蓼园词选》：按此乃少游谪虔州思京中友人而作也。起从虔州写起，自写情怀落寞也。"人不见"，即指京中友，故下阕直接"忆昔"四句。"日边"，比京师也。"梦断"、"颜改"、"愁如

海",俱自叹也。

[近代]俞陛云《唐五代两宋词选释》:夏闰庵云:"此词以'愁如海'一语生色,全体皆振,乃所谓警句也。如玉田所举诸句,能似此者甚罕。"少游殁于藤州,山谷过其地,追和此调以吊之。

[现代]龙榆生《词学论文集·研究词学之商榷》一《声调之学》:在宋诸贤中,如秦观之《千秋岁》(词略),其声情之悲抑,读者稍加领会,即可得其"弦外之音"。其黄庭坚、李之仪、孔平仲诸家和词(见《历代诗馀》),亦皆哀怨。则《千秋岁》曲之为悲调,可以推知。……细案此调之声情悲抑在于叶韵甚密,而所叶之韵又为"厉而举"之上声,与"清而远"之去声。其声韵既促,又于不叶韵之句,亦不用一平声字于句尾以调剂之,既失其雍和之声,乃宜于悲抑之作。

[现代]叶嘉莹《灵谿词说·论秦观词》:这是秦观的一首著名的词,在宋人笔记中,对之曾有不少记述……所记之内容主要约有两点:其一是和者之众……由于和者之众,足可见此词流传之广。第二是词意之哀。……秦观则出为杭州刺史(按:应为"通判"。),又道贬监处州酒税。也就是他到达处州以后第二年的春天,当他游府治南园时,写了这一首《千秋岁》词。……然而以秦观之柔婉善感之心性,乃于贬谪之后竟完全被挫伤所击倒……"愁如海"则是对自己今日之贬谪异地,理想断灭,年华不返,希望无存的一个整体的悲慨,因此以"海"为喻,固见其深重之无可度量也。

踏莎行

雾失楼台,月迷津渡⁽¹⁾,桃源望断无寻处⁽²⁾。可堪孤馆闭春寒⁽³⁾,杜鹃声里斜阳暮⁽⁴⁾。　　驿寄梅花⁽⁵⁾,鱼传尺素,砌成此恨无重数。郴江幸自绕郴山,为谁流下潇湘去⁽⁶⁾?

【总说】

这首词作于绍圣四年(1097)暮春。该年因元祐党祸遭贬的少游,再以写佛书获罪,贬徙郴州。此词作于郴州旅舍,是少游的代表作。首三句写谪居中寂寞凄冷的环境,缘情写景,"雾失"、"月迷"、不仅营造出凄婉迷离的词境,也写出了作者无限凄迷的意绪。"桃源"的"望断无寻处",象征着词人贬居旅舍,心无归依的凄惶处境。"可堪"两字,赋予后面看似纯粹的写景以一种情景相兼的内涵,王国维评这两句为"有我之境"。这两句是景语也是情语,"孤馆"暗含羁旅之愁;"杜鹃声"寓示了游子之悲。上片不仅描绘了眼前之景,也抒发了羁旅之愁,贬谪之恨,情景相生。下片叙实,"驿寄梅花,鱼传尺素",写亲友慰问之频,自己离恨之多。末二句以意欲围绕郴山,却无奈流下潇湘的郴江作结,看似写眼前景物,实则寓含着词人原想竭忠事君,却无故卷入党争,远谪潇湘的身世之痛。这首词最佳处在于虚实相间,互为生发,以象征手法抒身世之悲,句句精彩,无一懈笔。

【注释】

(1) 津渡:渡口。唐张九龄《当涂界寄裴宣州》诗:"含情津渡阔,倚望脰空延。"

(2) 桃源:典出晋陶渊明《桃花源记》,后常以喻人间乐土,避世隐居之所。唐卢照邻《过东山谷口》诗:"桃源迷处所,桂树可淹留。"

(3) 可堪:哪堪,哪里经受得住。孤馆:孤寂的旅舍。

(4) 杜鹃:鸟名,又名杜宇、子规,古代传说为蜀君望帝之魂所化,因其啼声悲苦,似"不如归去",古诗中常将其啼声与游子思归之情相联系。唐白居易《琵琶行》:"其间旦暮闻何物,杜鹃啼血猿哀鸣。"

(5) 驿寄梅花:《太平御览》引盛弘之《荆州记》:"吴陆凯与范晔善,自江南寄梅花诣长安与晔,并赠诗曰:'折梅逢驿使,寄与陇头人。江南无所有,聊赠一枝春。'"

(6) "郴(chēn)江"二句:此借山水感慨身世。郴江,即郴水,汇入湘水。《方舆胜览·郴州》:"郴水,过郡城一里始胜舟,又北行四十五里,至鲤园步江口合东江,始为大郴江。"潇湘,二水名。湘水在湖南零陵西与潇水合流,称潇湘。

【辑评】

[宋] 黄庭坚《山谷题跋》:右少游发郴州回横州,顾有所属而作,语意极似刘梦得楚蜀间诗也。

[宋] 胡仔《苕溪渔隐丛话》前集卷五十引《冷斋夜话》:少游到郴州,作长短句云:"雾失楼台……"东坡绝爱其尾二句,自书于扇,曰:"少游已矣,虽万人何赎!"

[宋] 周煇《清波杂志》卷九:秦少游发郴州,反顾有所属,其词曰:"雾失楼台……"山谷云:"语意极似刘梦得楚蜀间语。""泪湿阑干花著露,愁到眉峰碧聚。此恨平分取,更无言语空相觑。 断雨残云无意绪。寂寞朝朝暮暮。今夜山深处,断魂分付潮回去。"

毛泽民元祐间罢杭州法曹,至富阳所作赠别词也,因是受知东坡。语尽而意不尽,意尽而情不尽,何酷似少游也!

〔宋〕何士信《草堂诗馀》:黄山谷以此词"斜阳暮"为重出,欲改"斜阳"为"帘栊",余以"斜阳"属日,"暮"属时,未为重复。坡公"回首斜阳暮",周美成云"雁背斜阳红欲暮",可证。

〔明〕杨慎《词品》卷三:秦少游《踏莎行》"杜鹃声里斜阳暮",极为东坡所赏,而后人病其"斜阳暮"为重复,非也。见"斜阳"而知日"暮",非复也。犹韦应物诗:"须臾风暖朝日暾。"既曰"朝日",又曰"暾",当亦为宋人所讥矣。此非知诗者。

〔明〕王世贞《弇州山人词评》:"平芜尽处是青山,行人更在青山外","郴江幸自绕郴山,为谁流下潇湘去",此淡语之有情者也。

〔明〕沈际飞《草堂诗馀》正集卷一:少游坐党籍,安置郴州,谓郴江与山相守,而不能不流,自喻最凄切。

〔清〕王士禛《花草蒙拾》:"郴江幸自绕郴山,为谁流向潇湘去。"千古绝唱。秦殁后,坡公常书此于扇,曰:"少游已矣,虽万人何赎!"高山流水之悲,千载而下,令人腹痛。

〔清〕沈雄《古今词话·词话》卷上:今《郴志》竟改作"斜阳度",余以"斜"属日,"暮"属时,不为累,何必改也。东坡"回首斜阳暮"、美成"雁背斜阳红欲暮",可法也。

〔清〕赵翼《陔馀丛考》卷四十一:又秦少游南迁,有妓生平酷爱秦学士词,至是知其为少游,请于母,愿托以终身。少游赠词,所谓"郴江幸自绕郴山,为谁流向潇湘去"者也。念时事严切,不敢偕往贬所。及少游卒于藤,丧还,将上长沙,妓前一夕得诸梦,即逆于途,祭毕,归而自缢。按二公(苏轼与秦观)之南,皆逐客,且暮年矣,而诸女甘为之死,可见二公才名震烁一时。且当时风尚,女子皆知爱才也。

〔清〕黄苏《蓼园词选》:按少游坐党籍,安置郴州,前一阕是写在郴望想玉堂天上,如桃源不可寻,而自己意绪无聊也。次阕言书难达意,自己同郴水自绕郴山,不能下潇湘以向北流也。语意凄切,亦自蕴藉,玩味不尽。"雾失"、"月迷",总是被谗写照。

[近代] 王国维《人间词话》:有有我之境,有无我之境。"泪眼问花花不语,乱红飞过秋千去","可堪孤馆闭春寒,杜鹃声里斜阳暮",有我之境也。"采菊东篱下,悠然见南山","寒波淡淡起,白鸟悠悠下",无我之境也。有我之境,物皆著我之色彩。无我之境,不知何者为我,何者为物。

[现代] 唐圭璋《唐宋词简释》:此首写羁旅,哀怨欲绝。起写旅途景色,已有归路茫茫之感。"可堪"两句,景中见情,精深高妙。所处者"孤馆",所感者"春寒",所闻者"鹃声",所见者"斜阳",有一于此,已令人生愁,况并集一时乎! 不言愁而愁自难堪矣。

[现代] 龙榆生《苏门四学士词·秦观》:作者千回百折之词心,始充分表现于行间字里,不辨是血是泪,……盖少游至此,已扫尽绮罗芗泽之结习,一变而为怆恻悲苦之音矣。

[现代] 夏承焘《瞿髯论词绝句·秦观》:秦郎淮海领宗风,小阕苏门亦代雄。等是百身难赎语,郴江北去大江东。

[现代] 叶嘉莹《唐宋词鉴赏辞典》本篇赏析:这首《踏莎行》词,则是以天赋之锐敏善感之心性,更结合了平生苦难之经历,然后透过其多年写词之艺术修养,而凝聚成的一种使词境更为加深了的象喻层次的开拓:这是我们在论秦观词时,所决不该忽视的他的一点重要成就。

蝶恋花

晓日窥轩双燕语,似与佳人,共惜春将暮。屈指艳阳都几许⁽¹⁾?可无时霎闲风雨⁽²⁾。　流水落花无问处,只有飞云,冉冉来还去⁽³⁾。持酒劝云云且住,凭君碍断春归路。

【总说】

这首惜春伤春的词作,将习见的题材写得极为清新流丽。上片起句,设计了一场佳人与燕子的共语,想像新奇、生动有趣。接下来两句,写惜春之情,"屈指"一词,道尽伤春迟暮之感。下片痴语问春,持酒劝云,希望飞云碍断春归之途,有悖常理的言行之中饱含着留春的痴情。全词意境清远,构思巧妙,虽略有尖新刻峭之嫌,但新意迭出。

【注释】

(1) 都几许:算来有多少? 都,算来。几许,多少。

(2) 时霎:即霎时,片刻之意。宋欧阳修《渔家傲》词:"六月炎天时霎雨,行云涌出奇峰露。"

(3) 冉冉:缓慢徐行的样子。宋梅尧臣《雨中归》诗:"来时云冉冉,去值雨霏霏。"

【辑评】

［明］沈际飞《草堂诗馀续集》:(起句)刻削。

［明］钱允治《类编笺释续选草堂诗馀》卷上:闲风闲雨,固不

如浮云之碍高楼也。

[明]卓人月《古今词统》卷九：(末二句)凿空奇语。周美成"凭断云、留取西楼残月"似之。

丑奴儿⁽¹⁾

夜来酒醒清无梦,愁倚阑干⁽²⁾。露滴轻寒,雨打芙蓉泪不干⁽³⁾。　佳人别后音尘悄⁽⁴⁾,瘦尽难拚⁽⁵⁾。明月无端,已过红楼十二间⁽⁶⁾。

【总说】

该词以淡雅的笔墨刻画了一幅月夜相思的图景。上片悬空落笔,写夜来酒醒之愁。"雨打芙蓉"一句,语意双关,既写眼前之景,又暗写美人相思清泪。过片交代愁因。结句又回到眼前所见,明月已过红楼十二间,写独倚阑干之久,侧面刻画出其思念之深挚。词情婉曲幽深,写得轻盈灵动。

【注释】

(1) 丑奴儿:词调名,即《采桑子》,又名《罗敷媚》。按:此词亦见黄庭坚《山谷琴趣外篇》。

(2) 阑干:同"栏杆"。

(3) 雨打芙蓉:喻美人流泪。芙蓉,荷花,古诗词中常用来喻美人。唐白居易《长恨歌》诗:"芙蓉如面柳如眉,对此如何不泪垂。"

(4) 音尘:音讯,消息。南朝宋谢庄《月赋》:"美人迈兮音尘阙,隔千里兮共明月。"

(5) 拚(pàn):舍弃不顾。古有平声与仄声二音,此处押韵,读平声。

（6）"明月"二句：意谓明月千里寄相思，而月色匆匆已过尽红楼，自己心爱的女子在何处？无端，没来由，无缘无故。红楼，佳人居住的华美楼阁。唐李白《陌上赠美人》诗："美人一笑褰珠箔，遥指红楼是妾家。"十二间：用仙人所居五城十二楼的典故。《史记·孝武本纪》："黄帝时，为五城十二楼。"裴骃集解引应劭："昆仑玄圃五城十二楼，此仙人之所常居也。"

【辑评】

［明］长湖外史辑、沈际飞参阅《续编草堂诗馀》："瘦尽难拚"，切情。忽有此境，不是语言文字。

［清］钱允治《类编笺释续选草堂诗馀》卷上：芙蓉经雨，清泪如滴，离恨可知。

浣 溪 沙

漠漠轻寒上小楼[1],晓阴无赖似穷秋[2]。淡烟流水画屏幽[3]。　自在飞花轻似梦,无边丝雨细如愁。宝帘闲挂小银钩。

【总说】

这首词通过描绘一幅精美的艺术画面,表现了一种轻轻的寂寞与淡淡的闲愁。上片写春阴寒薄的早晨,独上小楼,画屏竖立,空房幽静。词人并未正面刻画人物,但借助气氛的渲染和环境的烘托,准确传达出室中人的孤寂与幽怨。下片写眼前景物。"自在飞花轻似梦,无边丝雨细如愁"一联,对仗工稳,音律谐婉,造境轻灵。"飞花"、"丝雨",为实写物态;"梦"、"愁",虚写心境,合而喻之,虚实相生,增添了词作朦胧的美感,梁启超赞之为"奇语"。"宝帘"句写楼中陈设,"小"、"闲"二字融情入景,韵味悠然。此词妙处在于造语精微,意境闲雅,情馀言外,含蓄不尽。

【注释】

(1) 漠漠:弥漫的样子。唐李白《菩萨蛮》词:"平林漠漠烟如织,寒山一带伤心碧。"

(2) 晓阴:早晨的阴翳。无赖:无聊,令人厌憎。穷秋,深秋。北周庾信《秋日》诗:"苍茫望落景,羁旅对穷秋。"

(3) 淡烟流水:此指画屏上的景物。

【辑评】

［明］徐士俊《词统》："自在"二语,夺南唐席。

［明］沈际飞《续编草堂诗馀》："穷秋"句,鄙。钱功父曰"佳",可见功夫于此道茫然。后叠精研,夺南唐席。

［清］陈廷焯《词则·大雅集》卷二:宛转幽怨,温、韦嫡派。

［近代］王国维《人间词话》:境界有大小,不以是而分优劣。"细雨鱼儿出,微风燕子斜",何遽不若"落日照大旗,马鸣风萧萧"?"宝帘闲挂小银钩",何遽不若"雾失楼台,月迷津渡"也?

［近代］俞陛云《唐五代两宋词选释》:清婉而有余韵,是其擅长处。此调凡五首,此首最胜。

［近代］吴梅《词学通论》第七章《概论》二《北宋人词略》:《浣溪沙》云:"自在飞花轻似梦,无边丝雨细如愁。"此等句皆思路沉着,极刻画之工,非如苏词之纵笔直书也。北宋词家以缜密之思,得道炼之致者,惟方回与少游耳。

［近代］梁令娴《艺蘅馆词选》眉批:("晓阴无赖似穷秋")家大人(梁启超)云:"奇语。"

［现代］唐圭璋《唐宋词简释》:此首,景中见情,轻灵异常。上片起言登楼,次怨晓阴,末述幽境。下片两对句,写花轻雨细,境更微妙。"宝帘"一句,唤醒全篇。盖有此一句,则帘外之愁境与帘内之愁人,皆分明矣。

［现代］叶嘉莹《灵谿词说·论秦观词》:那么像秦观这首《浣溪沙》词中所写的,则可以说是喜怒哀乐未发之前的一种敏锐幽微的善感的词人之本质。所以通篇所写的,实在都只是以"感受"为主。

浣 溪 沙

香靥凝羞一笑开(1),柳腰如醉暖相挨(2)。日长春困下楼台。
照水有情聊整鬓,倚栏无绪更兜鞋(3)。眼边牵系懒归来(4)。

【总说】

　　这首词描绘了游春女子的情态,借助人物特定的动作,来展示其心理变化。"香靥凝羞"与后面的"一笑开"相呼应,表现出少女既羞怯又活泼的神情;"柳腰如醉"写出其身姿之优美;"日长春困"写出其慵懒;"照水""整鬓"写出其风情;"倚栏""兜鞋"写出其顽劣与娇俏。词人从女子游春时一系列不经意的行为,细腻地透视出闺中女子隐秘的春思,从中可见词人对于物象捕捉的敏锐纤细。

【注释】

　　(1)靥(yè):脸颊上的酒窝。宋柳永《击梧桐》词:"香靥深深,姿姿媚媚,雅格奇容天与。"

　　(2)柳腰:形容女子腰肢纤细娇软。北周庾信《和春日晚景宴昆明池》诗:"上林柳腰细,新丰酒径多。"

　　(3)兜鞋:提鞋、穿鞋。

　　(4)牵系:牵引,牵挂,此指眉目传情。

【辑评】

　　［明］沈际飞《续编草堂诗馀》:上句妙在"照水",下句妙在"兜鞋",即令闺人自模,恐未到。

［清］贺贻孙《诗筏》：诗语可入填词，如诗中"枫落吴江冷"、"思发在花前"、"天若有情天亦老"等句，填词屡用之，愈觉其新。独填词语无一字可入诗料，虽用意稍同，而造语迥异。如梁邵陵王纶《见姬人》诗"却扇承枝影，舒衫受落花"，与秦少游词"照水有情聊整鬓，倚栏无绪更兜鞋"，同一意致。然邵陵语可入填词，少游语决不可入诗，赏鉴家自知之。

浣 溪 沙

霜缟同心翠黛连[1],红绡四角缀金钱[2]。恼人香爇是龙涎[3]。枕上忽收疑是梦[4],灯前重看不成眠。又还一段恶因缘[5]。

【总说】

　　这是一首闺怨词。上片描绘了华美的闺房陈设,"同心结"、"红绡帐",本应是旖旎软媚的图景,"恼人香爇是龙涎"却点明了闺中人的愁绪。下片写道往日的欢情如梦,灯前重看一片空寂。以"恶因缘"作结,写活了思妇的愤怨情绪。

【注释】

　　(1)"霜缟"句:白色绢带结成的同心结,用青绿色的丝线连在一起。缟,未经染色的绢。同心,同心结,旧时用绢带结成的连环回文样式的结子,表恩爱之意。

　　(2)"红绡"句:红绡帐子的四角用金钱点缀装饰。红绡,红色的薄绸。金钱,金属铸造的钱,通常为圆形。

　　(3)恼人:令人着恼。宋柳永《尉迟杯》词:"困极欢馀,芙蓉帐暖,别是恼人情味。"香爇(ruò):燃香。爇,点燃。龙涎,一种名贵香料,为抹香鲸胃中的病态分泌物,色黄黑,质若脂胶,有鱼腥味,从体内排出后浮于海上,古人认为是龙的口涎,因称。

　　(4)"枕上"二句:化用唐杜甫《羌村》诗:"夜阑更秉烛,相对如梦寐。"

　　(5)恶因缘:不好的因缘。因缘,此用佛教义,《翻译名义集·释十二支》:"前缘相生,因也;现助相成,缘也。"

浣 溪 沙

锦帐重重卷暮霞,屏风曲曲斗红牙[1]。恨人何事苦离家。枕上梦魂飞不去,觉来红日又西斜。满庭芳草衬残花。

【总说】

　　这是一首闺怨词。首二句描写闺房陈设,"锦帐重重"、"屏风曲曲"烘托出幽深的闺阁环境,也暗示出闺中人与外界阻隔之深。"恨人何事苦离家",用近乎口语的直白,传达出她闺房空守的苦恼。下片更进一步叙写了相思之深与寂寞的持久和无聊。"满庭芳草衬残花",有青春虚度之感。

【注释】

　　(1) 斗红牙:即点击红牙拍板。斗,凑,拼。红牙,一种打击乐器,亦名牙板。即用檀木制作的拍板,因檀木色紫红,故名。演唱时打节拍用。宋司马光《和王少卿十日……赏菊之会》诗:"红牙板急弦声咽,白玉舟横酒量宽。"

【辑评】

　　[宋] 张綖《淮海集》注:前段用元微之《天台诗》意。后段婉约有味。尾句尤含蓄深思。

　　[明] 徐渭评本眉批:好在景中有情。

　　[清] 黄苏《蓼园词选》:沈际飞曰:"前人诗'梦魂不知处,飞过

大江西',此云'飞不去',绝好翻用法。"按:"重重"、"曲曲",写得柔情旖旎,方唤得下句"何事"字起;即第二阕"飞不去",亦从此生出。写闺情至此,意致浓深,大雅不俗。

如 梦 令

门外鸦啼杨柳(1),春色著人如酒(2)。睡起熨沉香,玉腕不胜金斗(3)。消瘦,消瘦,还是褪花时候(4)。

【总说】

这是一首伤春之词。首二句以大好春光起头,"如酒"的比喻新颖独到,勾画出醉人的春色。接下来描绘了一个美人睡起熨衣的日常细节,"玉腕不胜金斗"的慵懒与娇弱引发"消瘦"之叹。最后"还是褪花时候",点出"消瘦"之缘故,似乎是因怕春归而消瘦,也似乎是为年华易逝而消瘦。全词抒情婉曲,有余不尽之意。

【注释】

(1)"门外"句:化用唐李白《杨叛儿》诗:"何许最关人?乌啼白门柳。"

(2)著人:着人,中人,此处可解为迷人。

(3)"睡起"二句:化用唐李商隐《效徐陵体赠更衣》诗:"轻寒衣省夜,金斗熨沉香。"金斗,精美的熨斗。沉香,沉香木心材制成的香料,又名伽南香、奇南香。此指沉香熏过的衣裙。宋贺铸《菩萨蛮》词:"舞裙金斗熨,绛缬鸳鸯密。"

(4)褪花:指花之萎谢褪色。宋苏轼《蝶恋花》词:"花褪残红青杏小,燕子飞时,绿水人家绕。"

【辑评】

　　[宋]胡仔《苕溪渔隐丛话》后集卷三十三：予又尝读李义山《效徐陵体赠更衣》云："轻寒衣省夜，金斗熨沉香。"乃知少游词"玉笼金斗，时熨沉香"，与夫"睡起熨沉香，玉腕不胜金斗"其语亦有来历处，乃知名人必无杜撰语。

　　[明]沈际飞《续编草堂诗馀》：憨怯甚。末句止而得行，泄而得蓄。

　　[清]陈廷焯《词则·大雅集》卷二：起伏照应，六章如一章，仿佛飞卿《菩萨蛮》遗意。

如 梦 令

遥夜沉沉如水[1]，风紧驿亭深闭[2]。梦破鼠窥灯，霜送晓寒侵被。无寐，无寐，门外马嘶人起。

【总说】

据徐培均先生《淮海居士长短句笺证》考证，这首词作于绍圣三年(1096)深秋，抒发了少游自处州贬往郴州道中栖迟孤馆的羁旅情怀。该词首二句点明时间、地点，"遥夜沉沉"、"风紧驿亭"，透着荒凉沉重之感，写尽贬谪流落之人内心的寒凉。"梦破鼠窥灯，霜送晓寒侵被"，为传诵一时之名句。"鼠窥灯"的意象既写出了夜的静谧，又打破了之前凝滞的气氛，给全词带上了一种动感。如一点暖色调，反衬了整个环境的冷寂。"霜送晓寒侵被"，写尽寒夜无眠之人的深切感受。"无寐，无寐"，含蓄地道出贬谪之人的心酸与无奈。"门外马嘶人起"，终于白昼来临，词人又将继续其行旅。该词通篇描写客观环境，而实际上是字字含情，写尽了羁旅离愁与贬谪之恨。

【注释】

(1) 遥夜沉沉：长夜深沉。遥夜，长夜。唐杜甫《醉时歌》诗："清夜沉沉动春酌，灯前细雨檐花落。"

(2) 驿亭：古代设于官道两旁供行旅住宿、换马的馆舍。

【辑评】

[清]杜文澜《词律》补注：按宋苏轼词注："此曲本唐庄宗制，

名《忆仙姿》,嫌其名不雅,故改为《如梦令》。"盖因词中有"如梦,如梦"叠句。万氏未收庄宗原作,失校。

［清］陈廷焯《词则·大雅集》卷二:此章离别。

如 梦 令

幽梦匆匆破后,妆粉乱痕沾袖[1]。遥想酒醒来,无奈玉销花瘦[2]。回首,回首,绕岸夕阳疏柳。

【总说】

这是一首表达游子思内情怀的词。该词的独特之处在于词人要表达的是对于闺中人的相思,但通篇从对方着笔,写对方梦醒后涕泪阑干的情态,酒醒后花容憔悴的寂寞。以"夕阳疏柳"衬托依依不舍之离情,清丽柔婉。

【注释】

(1)"妆粉"句:因拭泪而使粉妆凌乱,粘于衣袖。妆粉,女子梳妆用的白粉。《急就篇》:"芬薰脂粉膏泽筩。"颜师古注:"粉谓铅粉及米粉,皆以傅面取光洁也。"南朝陈徐伯阳《日出东南隅行》:"罗敷妆粉能佳丽,镜前新梳倭堕髻。"

(2)玉销花瘦:喻指美女憔悴。唐乐府《大酺乐》:"泪滴珠难尽,容残玉易销。"

【辑评】

[明]沈际飞《草堂诗馀续集》:"匆匆破"三字真,"玉销花瘦"四字警。末句不可倒作首句,思之思之。

[明]钱允治《类编笺释续选草堂诗馀》卷上:"玉销花瘦"句,语新奇。

[明]陆云龙《词菁》卷二眉批:奇丽。

如 梦 令

楼外残阳红满,春入柳条将半[1]。桃李不禁风,回首落英无限[2]。肠断[3],肠断,人共楚天俱远[4]。

【总说】

据徐培均先生《淮海居士长短句笺注》考证,该词作于绍圣四年(1097)春少游贬谪郴州之时,是一首对景伤春的羁旅行役词。读这首词要体会其隐于明丽画面背后的悲伤与寂寞。

【注释】

(1)"春入"句:谓春光已将近半柳条薰染成翠绿。

(2)落英:落花。

(3)肠断:形容极度悲伤。《世说新语·黜免》:"桓公入蜀,至三峡中,部伍中有得猿子者,其母缘岸哀号,行百余里,不去,遂跳上船,至便即绝,破视其腹中,肠皆寸寸断。"

(4)楚天:楚地的天空,泛指南方。

【辑评】

[明]李攀龙《草堂诗馀隽》卷四眉批:对景伤春,于此词尽见矣。(评)因阳春景色而思故人心情,人远而思更远矣。

如梦令

池上春归何处？满目落花飞絮(1)。孤馆悄无人(2)，梦断月堤归路(3)。无绪，无绪，帘外五更风雨(4)。

【总说】

据徐培均先生《淮海居士长短句笺注》考证，此词疑作于绍圣四年(1097)春暮，少游谪居郴州之时。这是一首伤春惜别之词。该词融写景、叙事、抒情于一体，意境凄清，余韵悠然。

【注释】

(1)飞絮：暮春时飞扬的柳絮。南朝陈岑敬之《折杨柳》诗："悬丝拂城转，飞絮上官吹。"

(2)孤馆：孤寂的旅舍。唐许浑《瓜州留别李诩》诗："孤馆客时风带雨，远帆归处水连云。"

(3)月堤：月下的堤岸。唐白居易《早朝》诗："月堤槐露气，风烛桦烟香。"

(4)"帘外"句：宋欧阳修《浪淘沙》词："帘外五更风，吹梦无踪。"

【辑评】

[明]杨慎《草堂诗馀》批语：孤馆听雨，较洞房雨声，自是不胜情之词，一喜一悲。

[明]李攀龙《草堂诗馀隽》卷二眉批：难为人语，自有可语之

人在。(评)深情厚意,言有尽而味自无穷。

[清]陈廷焯《词则·大雅集》卷二:上章春半,此章春暮。

[近代]俞陛云《唐五代两宋词选释》:此五首细审之,当是一事,皆纪别之作。第一首总述春暮怀人,次首追叙欲别之时,马嘶人起,言送别也。三首"绕岸夕阳",言别后也。四首"楚天人远",言远去也。与集中《南歌子》词由晓别而远去次第写出,大致相似,但此分为数首耳。五首句最工,结处"绿杨俱瘦",与首章春暮怀人前后相应。

阮 郎 归

褪花新绿渐团枝(1),扑人风絮飞。秋千未拆水平堤,落红成地衣(2)。　　游蝶困,乱莺啼,怨春春怎知？日长早被酒禁持(3),那堪更别离。

【总说】

据龙榆生先生《淮海先生年谱简编》考证,此词作于宋绍圣三年(1096)。这首词上片写暮春之景。下片伤春之人的心理感受。将伤春怨别之意寓于景物描写之中,末尾一句,点出"别离"二字,含蓄蕴藉。

【注释】

(1) 褪花:指花之萎谢褪色。团枝:绿叶茂密的树枝。唐吴融《题画柏》诗:"回首寄团枝,无劳惠消息。"

(2) "落红"句:比喻落花堆积如地毯。地衣,地毯。南唐李煜《浣溪沙》词:"红锦地衣随步皱,佳人舞点金钗溜。"

(3) 禁持:控制。宋贺铸《柔出二白团扇求吾诗》之二:"杨柳东风尽日吹,柔条应是不禁持。"

【辑评】

[明]陆云龙《词菁》卷一:出语新媚,亦复幽奇。

阮 郎 归

宫腰袅袅翠鬟松⁽¹⁾,夜堂深处逢。无端银烛殒秋风⁽²⁾,灵犀得暗通⁽³⁾。　身有恨,恨无穷,星河沉晓空。陇头流水各西东⁽⁴⁾,佳期如梦中。

【总说】

这首词写一段艳情,词意与南唐李煜《菩萨蛮》写与小周后幽会的情景颇为相似:"画堂南畔见,一向偎人颤。奴为出来难,教君恣意怜。"只是在语言上更为绮艳。上片写幽欢之乐。夜深人静,画堂深处,词人与纤腰袅袅,鬓云松垂的美人相遇;此时恰好一阵秋风把银烛吹灭,在一片漆黑之中灵犀得以暗通。下片写分别后的憾恨。"陇头流水各西东",留下的只有记忆。整首词写得风情旖旎。

【注释】

(1) 宫腰:细腰。典出《墨子·兼爱》:"昔者楚灵王好士细腰,灵王之臣皆以一饭为节,胁息然后带,扶墙然后起。"梁萧子显《日出东南隅行》:"逶迤梁家髻,冉弱楚宫腰。"

(2) 无端:不料,没想到。殒秋风:被秋风吹灭。殒,死,此指熄灭。

(3) 灵犀:传说犀牛角有灵异,后常比喻人与人心灵相通。唐李商隐《无题》诗:"身无彩凤双飞翼,心有灵犀一点通。"朱鹤龄注:"《南州异物志》:犀有神异,表灵以角。《抱朴子》:通天犀角有白理如线……《汉·西域传》'通犀翠羽之珍',如淳曰:通犀谓中央色白通两头。"

(4)"陇头流水"句:以东西各自流的水比喻人的分离。陇头,陇山,即六盘山南段。古乐府《陇头歌辞》:"陇头流水,流离山下。念吾一身,飘然旷野。"

【辑评】

[明]沈际飞《续编草堂诗馀》:中冓之言,不可道也。所可道也,言之丑也。

[明]沈际飞《草堂诗馀续集》:恐未必"无端"。"殢"字好。

[清]邹祗谟《远志斋词衷》:《词笺》云:词至少游"无端银烛殢秋风"之类,而蔓草顿邱,不惟极意形容,兼亦直认无讳,数语可谓乐而不淫。

阮 郎 归

潇湘门外水平铺,月寒征棹孤⁽¹⁾。红妆饮罢少踟蹰⁽²⁾,有人偷向隅⁽³⁾。　挥玉箸,洒真珠,梨花春雨余⁽⁴⁾。人人尽道断肠初⁽⁵⁾,那堪肠已无。

【总说】

据徐培均先生《淮海居士长短句笺注》考证,此词盖作于绍圣三年(1096)少游自处州贬徙郴州,途经湖南长沙之时。宋洪迈《夷坚志》巳集记有一则故事:"长沙义妓者,不知其姓氏,善讴,尤喜秦少游乐府,得一篇,辄手笔口哦不置。久之,少游坐钩党南迁,道经长沙,访潭土风俗、妓籍中可与言者。或举妓,遂往访……媪出设位,坐少游于堂。妓冠被立堂下,北面拜。少游起且避,媪掖之坐以受拜。已,乃张筵饮,虚左席,示不敢抗。母子左右侍。觞酒一行,率歌少游词一阕以侑之。饮卒甚欢,比夜乃罢。"传说此妓后为他殉情。此词疑写与长沙义妓分别时情怀。词首二句写离别的环境,为全词营造了一个凄清的氛围。接下去写临别女子的情态:"踟蹰"写其依恋;"偷向隅"写其识体;"梨花春雨余"写其美丽与哀伤。"人人尽道断肠初,那堪肠已无",结句翻空出奇,为全篇警策。

【注释】

(1) 征棹:远行的船。棹,桨,代指船。北周庾信《应令》诗:"浦喧征棹发,亭空送客还。"

(2) 红妆:女子的盛妆。古乐府《木兰诗》:"阿姊闻妹来,当户理红妆。"踟蹰:犹豫,迟疑。

(3)向隅(yú):面向屋角,形容心有所忧或闷闷不乐。隅,角落。典出汉刘向《说苑·贵德》:"今有满堂饮酒者,有一人独索然向隅而泣,则一堂之人皆不乐矣。"

(4)"挥玉筯"三句:皆形容女子流泪。玉筯、真珠,喻女子眼泪。筯,筷子。真珠,珍珠。南朝梁刘孝威《独不见》诗:"谁怜双玉筯,流面复流襟。"唐白居易《夜闻歌者》诗:"夜泪如真珠,双双堕明月。"梨花春雨,语本白居易《长恨歌》诗:"玉容寂寞泪阑干,梨花一枝春带雨。"

(5)人人:对亲昵者的称呼。尽,尽自,总是。

【辑评】

[明]沈际飞《续编草堂诗馀》:"玉筯"、"真珠"觉叠,得"梨花雨余"句,叠正妙。及云"肠已无",如新笋发林,高出林上。

[明]杨慎《草堂诗馀》批语:此等情绪,煞甚伤心。秦七太深刻矣!

阮 郎 归

湘天风雨破寒初⁽¹⁾,深沉庭院虚。丽谯吹罢小单于⁽²⁾,迢迢清夜徂⁽³⁾。　　乡梦断,旅魂孤。峥嵘岁又除⁽⁴⁾。衡阳犹有雁传书,郴阳和雁无⁽⁵⁾。

【总说】

据徐培均先生《淮海居士长短句笺注》考证,此词作于宋绍圣四年(1097)除夕郴州旅舍。该词上片写除夕客的孤寂之感。首二句写寒夜难眠所见,庭院冷落,欲语无人;"丽谯"句写所闻,突出时间流逝之缓慢与词人心底的凄凉,与传统除夕夜团圆祥和的气氛形成对比。下片写内心感受,抒发了怀乡思人之情。歇拍"衡阳"二句,用鸿雁传书的典故,言郴州之地连鸿雁都不来,如何能为词人带来亲友的音讯?委婉曲折地传达出词人内心难以言传的孤独与苦痛。情调凄婉,语淡意浓,余味无穷。

【注释】

(1) 湘天:湘地的天空,郴州古属湘地,故云。

(2) "丽谯(qiáo)"句:从谯楼传来吹奏《小单于》的乐曲。丽谯,绘有彩纹的城门楼,即城门上的更鼓楼。《庄子·徐无鬼》:"君亦必无盛鹤列于丽谯之间。"《小单于》是当时的乐曲名。唐李益《听晓角》诗:"无数塞鸿飞不度,秋风卷入小单于。"

(3) 徂(cú):往,流逝。唐杜甫《倦夜》诗:"万事干戈里,空悲清夜徂。"

(4)"峥嵘"句：意谓在严峻坎坷的厄运中又送走了旧岁。峥嵘，特出，不寻常。唐杜甫《敬赠郑谏议十韵》诗："筑居仙缥缈，旅食岁峥嵘。"

(5)"衡阳"二句：意谓衡阳虽地处边远，总还有大雁可以传递书信。而今身贬郴州，却是连鸿雁也不到的地方，连雁足传书也不可能了。写词人与亲友音信断绝，处境更加危苦。衡阳，即今湖南衡阳，有回雁峰，相传北雁南飞至此而止。雁传书，《汉书·苏武传》："昭帝即位数年，匈奴与汉和亲，汉求武等。匈奴诡言武死。后汉使复至匈奴，常惠请其守者与俱，得夜见汉使，具自陈道，教使者谓单于言：'天子射上林中，得雁，足有系帛书，言武等在某泽中。'使者大喜，如惠语以让单于。单于视左右而惊，谢汉使曰：'武等实在。'"郴阳，今湖南郴州，在衡阳之南。

【辑评】

[明] 沈际飞《草堂诗馀》正集卷一：衡、郴皆楚、湘地，故曰"湘"。

[现代] 唐圭璋《唐宋词简释》：此首述旅况，亦极悽婉。上片，起言风雨生愁，次言孤馆空虚。"丽谯"两句，言角声吹彻，人亦不能寐。下片，"乡梦"三句，抒怀乡怀人之情。"岁又除"，叹旅外之久，不得便归也。"衡阳"两句，更伤无雁传书，愁愈难释。小山云："梦魂纵有也成虚，那堪和梦无。"与此各极其妙。

[现代] 程千帆、吴新雷《两宋文学史》：不过，生活的磨难毕竟使秦观的词风起了一定的变化。他在政治上遭受打击、流徙南方以后的作品，就显得十分凄婉，带有浓厚的感伤情调，如：《踏莎行》（雾失楼台）、《阮郎归》（湘天风雨破寒初）这两篇都是谪居郴州后所作。政治上的失意，使他从以前狭小的风流旖旎的生活中解放出来，清醒地注视着自己的不幸与孤独。词中所写，虽然只是浓重

的怀乡之感,但其中显然包括了比乡愁更为使词人感到压抑的东西。在风格上,给人的感觉,也不仅仅是凄婉,而是凄厉了!这种怆恻悲苦的声音,正如实地反映了词人晚年痛苦的生活和心情。

满 庭 芳

北苑研膏⁽¹⁾,方圭圆璧⁽²⁾。万里名动京关。碎身粉骨⁽³⁾,功合上凌烟⁽⁴⁾。尊俎风流战胜⁽⁵⁾,降春睡、开拓愁边⁽⁶⁾。纤纤捧,香泉溅乳,金缕鹧鸪斑⁽⁷⁾。　　相如方病酒⁽⁸⁾,一觞一咏⁽⁹⁾,宾有群贤。便扶起灯前,醉玉颓山⁽¹⁰⁾。搜揽胸中万卷,还倾动、三峡词源⁽¹¹⁾。归来晚,文君未寝⁽¹²⁾,相对小妆残。

【总说】

这是一首咏物词。上片从正面写茶,状其形制与功用。"北苑"三句,指将茶叶研细调成膏状制成方形或圆形的茶饼。"碎身"二句,将茶的功用与"功勋"之帅相媲美。"尊俎"三句,进一步说明茶不仅能解酒除困,更能消愁。"纤纤捧",以美人的茶艺与盛茶的器皿烘托茶之名贵。下片从侧面落笔,写茶与诗酒之关系。通过相如病酒的典故,描绘其诗酒风流。"归来晚"三句,写相如兴尽归来与文君相对饮茶的旖旎场面,既暗示了解酒之茶的必不可少,又照应了咏茶的主题,婉约而富馀韵。该词笔法阔大,气势豪迈,在少游词中别具一格。

【注释】

(1) 北苑:地名,在今福建建瓯东,为宋代贡茶产地。《苕溪渔隐丛话》前集卷四十六:"北苑在富沙之北,隶建安县,去城二十五里。北苑乃龙焙,每岁造贡茶之处。……其实北苑茶山,乃凤凰山也。北苑土色膏腴,山宜植茶。"研膏,茶名。《能改斋漫录》卷十五引《画墁录》:"贞元中,常衮为建州刺史,始蒸焙而研之,谓之'研膏茶'。"

(2)方圭圆璧:喻茶饼的形状。宋代茶饼多制成方形或圆形。圭、璧,都是古代玉制礼器,前者长条形,上尖下方,后者扁圆形,中有圆孔。

(3)碎身粉骨:指茶叶被研成碎末。宋代制茶一般先将茶叶精研成细末,做成茶饼,再煎煮。

(4)凌烟:指汉代绘有功臣画像的凌烟阁。这里借以赞美茶的功用。北周庾信《周柱国大将军纥干弘神道碑》:"天子画凌烟之阁,言念旧臣;出平乐之宫,实思贤傅。"

(5)"尊俎"句:指茶能解酒。尊俎,载酒肉之具。尊,酒器;俎,放肉的几案。常用来代称筵席。《礼记·乐记》:"铺筵席,陈尊俎。"

(6)开拓愁边:指茶能消愁。晋刘琨《与兄子群书》云:"吾患体中烦闷,恒仰真茶,汝可信致之。"

(7)"纤纤捧"三句:描写美人沏茶的过程。纤纤捧,美人纤手捧茶。香泉溅乳,指用甘泉泡茶。陆羽《茶经》:"山水上,江水中,井水下。其山水,拣乳泉石漫流者上。"唐皮日休《煮茶》诗:"香泉一合乳,煎作连珠沸。"金缕鹧鸪斑,谓茶饼之包装与盛茶之器皿的华贵。欧阳修《归田录》卷二:"茶之品,莫贵于龙凤,谓之'团茶',凡八饼重一斤。庆历中蔡君谟为福建路转运使,始造小片龙茶以进,其品绝精,谓之'小团',凡二十饼重一斤,其价直金二两。然金可有,而茶不可得,每因南郊致斋,中书、枢密院各赐一饼,四人分之。宫人往往缕金花于其上,盖其贵重如此。"鹧鸪斑,沏茶碗面上的装饰。宋杨万里《陈蹇叔郎中出闽漕别送新茶……》诗:"鹧斑碗面云萦字,兔褐瓯心雪作泓。"

(8)相如:司马相如,字长卿,蜀郡成都(今四川成都)人,西汉辞赋家,以文酒风流著称。《西京杂记》:"长卿素有消渴疾(按:今称糖尿病),及还成都,悦文君之色,遂以发疾,乃作《美人赋》,欲以自刺,而终不能改,卒以此疾至死。"病酒:因酒而病,古人认为消渴疾因酒所致,故云。唐李商隐《汉宫》诗:"侍臣最有相如渴,不赐金茎露一杯。"

(9) 一觞(shāng)一咏:语出晋王羲之《兰亭集序》:"群贤毕至,少长咸集……引以为流觞曲水,列坐其次,虽无丝竹管弦之盛,一觞一咏,亦足以畅叙幽情。"觞,酒杯。

(10) 醉玉颓山:形容酒醉后的风采。《世说新语·容止》:"嵇叔夜之为人也,岩岩若孤松之独立。其醉也,傀俄若玉山之将崩。"

(11) 三峡词源:喻文思不穷如三峡之水。三峡,指巫峡、瞿塘峡、西陵峡,在今重庆奉节至湖北宜昌之间,水流汹涌湍急。唐杜甫《醉歌行》:"词源倒流三峡水,笔阵横扫千人军。"

(12) 文君:即卓文君。《史记·司马相如列传》载,临邛中富者卓王孙"有女文君新寡,好音",故司马相如"以琴心挑之",后又"饮卓氏弄琴",文君"心悦而好之",相如又托"文君侍者通殷勤",文君遂"夜亡奔相如"。

【辑评】

[宋]吴曾《能改斋漫录》卷十七:豫章先生(黄庭坚)少时曾为茶词,寄《满庭芳》云:"北苑龙团,江南鹰爪,万里名动京关。碾深罗细,琼蕊冷生烟。一种风流气味,如甘露,不染尘烦。纤纤捧,冰瓷弄影,金缕鹧鸪斑。相如方病酒,银瓶蟹眼,惊鹭涛翻。为扶起尊前,醉玉颓山。饮罢风生两袖,醒魂到明月轮边。归来晚,文君未寝,相对小窗前。"其后增损其词,止咏建茶云……词意益工也。后山陈无己同韵和之云:"北苑先春,琅函宝韫,帝所分落人间。绮窗纤手,一缕破双团。云里游龙舞凤,香雾霭,飞入雕盘。华堂静,

松风云竹,金鼎沸潺湲。门阑车马动,浮黄嫩白,小袖高鬟。便胸臆轮囷,肺腑生寒。唤起谪仙醉倒,翻湖海、倾尽涛澜。笙歌散,风帘月幕,禅榻鬓丝斑。"

[明] 卓人月《古今词统》卷十二：少游夫妇不减赵明诚,固应深谙茶味与赌茗之乐。

[清] 沈雄《古今词话·词辨》卷下：《满庭芳》尽推少游之作。少游夫人《咏茶》一首,传者多讹,今为正之云:"北苑龙团,江南鹰爪,万里名动京关。碾轻罗细,琼蕊暖生烟。一种风流气味,如甘露,不染尘凡。纤纤捧,冰瓷莹玉,金缕鹧鸪斑。"旧词"北苑春风,方圭圆璧",虽用故实,而多庸腐;即苦心作"碎身粉骨,功合上凌烟",亦是小家气象。惟"尊俎风流战胜,降春睡、开拓愁边"二语差当。而"熬波溅乳",实不及"冰瓷莹玉"更为落句地也。况后段又用"搜揽胸中万卷,还倾动三峡词源"乎？更为纪之云:"相如方病酒,银瓶蟹眼,波怒涛翻。为扶起尊前,醉玉颓山。饮罢风生两腋,醒魂到明月轮边。归来晚,文君未寝,相对小汝残。"

满 庭 芳

晓色云开,春随人意,骤雨才过还晴。古台芳榭[1],飞燕蹴红英[2]。舞困榆钱自落[3],秋千外、绿水桥平。东风里,朱门映柳,低按小秦筝[4]。　　多情,行乐处,珠钿翠盖[5],玉辔红缨[6]。渐酒空金榼[7],花困蓬瀛[8]。豆蔻梢头旧恨,十年梦、屈指堪惊[9]。凭栏久,疏烟淡日,寂寞下芜城[10]。

【总说】

据徐培均先生《淮海居士长短句笺注》考证,此词约作于元丰二年(1079)春。这首词记芜城春游感怀。上片从天气景物写到人事。"晓色"三句写景清新明丽,出语自然。"舞困"句形容风来榆枝摇曳如酣舞之少女;"燕蹴红英"和"榆钱自落",用两个细节突出四周环境的闲静。"秋千外、绿水桥平",营造出冲淡悠远的气氛。"东风里"三句,说到人事。朱门里低头抚筝的少女引出词人对昔游的回忆。下片通过回忆、对照,表现了乐事难久、人事已非的怅惘心情。"豆蔻"两句,隐括杜牧《赠别》诗意,记以往一段恋情,屈指十年,叹息岁月如流,不胜沧桑之感。"凭阑久"三句,以景作结,意境淡远。这首词由时间、游历、情感三条线索交织而成,章法井然。写景状物细腻,意旨遥深。

【注释】

(1) 榭(xiè):建筑在台上的房屋。

(2) "飞燕"句:燕踢动花朵。蹴(cù),踢,蹭踏。唐杜甫《城西陂泛舟》诗:"鱼吹细浪摇歌扇,燕蹴飞花落舞筵。"

(3) 榆钱:即榆荚。榆树初春生叶时,枝条间生白色成串的果实榆荚,形状似钱而小,俗称"榆钱"。宋宋祁《山中清明》诗:"高低桃锦红相倚,轻重榆钱绿不匀。"

(4) 小秦筝:一种似瑟的弦乐器,相传为秦人蒙恬改制,故名。

(5) 珠钿(tián)翠盖:珠钿,以珠宝制成的首饰,此处代指妇女。翠盖,以翠鸟羽毛装饰的车盖,此处泛指华丽的车子。

(6) 玉辔红缨:指精美的马具,此处代指冶游的男子。玉辔,精美的马缰绳。唐陈陶《巫山高》诗:"飘飘丝散巴子天,苔裳玉辔红霞幡。"红缨,勒于马腹两侧的红色革带。唐岑参《赤骠马歌》:"红缨紫鞚珊瑚鞭,玉鞍锦鞯黄金勒。"

(7) 金榼(kē):精美的酒具。宋司马光《赐酒》诗:"和气盈金榼,恩光湛玉筋。"

(8) 蓬瀛:蓬莱、瀛洲,传说中海上三神山中的两座,此处代指游乐之地。《史记·封禅书》:"自威、宣、燕昭使人入海,求蓬莱、方丈、瀛洲。此三神山者,其传在渤海中,去人不远;患且至,则船风引而去。"

(9) "豆蔻"三句:化用唐杜牧《赠别》诗"娉娉袅袅十三馀,豆蔻梢头二月初"以及《遣怀》诗"十年一觉扬州梦,赢得青楼薄幸名"句意。豆蔻,一种草本植物,花初开时花苞藏于绿叶中。姚宽《西溪丛语》谓"南人取其(花)未大开者,谓之含胎花,言尚小如妊身也"。

(10) 芜城:指扬州城。北魏南侵及南朝宋竟陵王刘诞作乱后,扬州城邑荒芜,鲍照作《芜城赋》哀之,故后称扬州为"芜城"。

【辑评】

[明]李攀龙《草堂诗馀隽》卷一眉批:秋千外,东风里,字字奇

巧。疏烟淡日,此时之情还堪远眺否?

[明]杨慎批《草堂诗馀》:景胜于情。

[清]黄苏《蓼园词选》:此必少游被谪后作。雨过还晴,承恩未久也。燕蹴红英,喻小人之谗构也。榆钱,自喻也。绿水桥平,喻随所适也。朱门、秦筝,彼得意者自得意也。前一阕叙事也,后一阕则事后追忆之词。"行乐"三句,追从前也。"酒空"二句,言被谪也。"豆蔻"三句,言为日已久也。"凭栏"二句结,通首黯然自伤也。章法极绵密。

[清]周济《宋四家词选》:(上片)君子因小人而斥。"多情"二句,一笔挽转。"结处"应首句,不忘君子也。

[清]许昂霄《词综偶评》:"晚色云开"三句,天气。"高台芳榭"四句,景物。"东风里"三句,渐说到人事。"珠钿翠盖"二句,会合。"渐酒空金榼"四句,离别。"疏烟淡月"二句,与起处反照作收。

[近代]俞陛云《唐五代宋词选释》:前写景,后写情,流利轻圆,是其制胜处。

[现代]沈祖棻《唐宋词鉴赏辞典》本篇赏析:"凭栏久"以下,今日心情,然而完全写景,但言倚栏久立,惟见傍晚时分薄薄的雾气和淡淡的阳光向城墙落下而已。不写情而情自在其中,司空图《诗品》所谓"不着一字,尽得风流"以及《文心雕龙·隐修篇》所谓"隐之为体,义生文外",即是此意。

桃源忆故人

玉楼深锁薄情种(1),清夜悠悠谁共?羞见枕衾鸳凤(2),闷则和衣拥。　　无端画角严城动(3),惊破一番新梦。窗外月华霜重,听彻梅花弄(4)。

【总说】

这是一首闺怨词。全词通过刻画女子长夜无眠的情景,突出"忆故人"之"忆"字,表现了深闺寂寞的主旨。少游词以雅丽著称,这首词略显俚俗,但写得真挚、坦率,别有风味。

【注释】

(1)"玉楼"句:玉楼,华美的楼阁,代指女子居所。唐李白《宫中行乐词八首》之二:"玉楼巢翡翠,金殿锁鸳鸯。"薄情种,古诗词中一般称男子为薄情郎或薄幸,这里的"薄情种"概指夫婿。

(2)羞见:怕见。

(3)无端:没来由,无缘无故。严城:古时城门早闭迟开,实行宵禁,并鼓角警戒。南朝梁何逊《临行公车》诗:"禁门俨犹闭,严城方警夜。"

(4)梅花弄:即《梅花三弄》,汉《横吹曲》名,相传据晋桓伊笛曲《三调》改编,后为琴曲,凡三叠。

【辑评】

〔明〕杨慎批《草堂诗馀》:自是凄冷。

［明］李攀龙《草堂诗馀隽》卷四眉批：不解衣而睡，梦又不成，声声恼杀人。

［清］彭孙遹《金粟词话》：词人用语助入词者甚多，入艳词者绝少。惟秦少游"闷则和衣拥"，新奇之甚。用"则"字亦仅见此词。

［清］陈廷焯《白雨斋词话》卷八：彭骏孙《金粟词话》云："词人用语助……"按此乃少游恶劣语，何新奇之有？至用'则'字入词，宋人中屡见，有"拚则而今已拚了，忘则怎生便忘得"；又"忆则如何不忆"之类，亦岂谓之"仅见"？

调笑令 并诗[1]

王昭君

诗 曰

汉宫选女适单于[2],明妃敛袂登毡车[3]。
玉容寂寞花无主[4],顾影低回泣路隅。
行行渐入阴山路[5],目送征鸿入云去[6]。
独抱琵琶恨更深[7],汉宫不见空回顾。

曲 子

回顾,汉宫路,捍拨檀槽鸾对舞[8]。玉容寂寞花无主,顾影偷弹玉箸[9]。未央宫殿知何处[10]?目送征鸿南去。

【总说】

此首咏王昭君故事。昭君出塞,是古代诗词中的传统题材。据《后汉书·南匈奴传》记载:"昭君,字嫱,南郡(今湖北秭归)人也。初,元帝时,以良家子选入掖庭。时呼韩邪来朝,帝敕以宫女五人赐之。昭君入宫数岁,不得见御,积悲怨,乃请掖庭令求行。呼韩邪临辞大会,帝召五女以示之。昭君丰容靓饰,光明汉宫,顾影裴回,竦动左右。帝见大惊,意欲留之,而难于失信,遂与匈奴。"秦观这首词在交代故事时强调了昭君的含怨出塞,用"玉容寂寞花无主,顾影低回泣路隅","独抱琵琶恨更深,汉宫不见空回顾"等语表达其对于汉宫的眷恋。词紧承"回顾"展开,用"捍拨檀槽鸾对舞"、"顾影偷弹玉箸"和"未央宫殿知何处"三句将其对于汉宫的留恋进一步深化,同时也暗示了她在汉宫倍受冷落、不得宠眷的悲剧命运。以"目送征鸿南去"作结,传达出其无法把握自身命运的无奈,语短情长。

【注释】

(1)调笑:宋时流行于汴京的一种演唱形式,也称《调笑转踏》。王国维《宋元戏曲史》据吴自牧《梦粱录》云:"北宋之《转踏》,恒以一曲连续歌之。每一首咏一事,共若干首,则咏若干事。"这是一种诗、词合体的文学样式,前面的诗主要介绍唱词中涉及故事的梗概,相当于引子,后面的词(这里称曲子)多用于抒情。后世《调笑令》也被视为词调名。

(2)单(chán)于:匈奴最高首领的称号,此指南匈奴呼韩邪单于。

(3)明妃:即王昭君。因避晋文帝司马昭讳,改称为明妃。

(4)"玉容"句:化用唐白居易《长恨歌》:"玉容寂寞泪阑干,梨花一枝春带雨。"

(5)阴山:山名,汉时在南匈奴境内(今内蒙古中部)。唐王昌龄《出塞》诗:"但使龙城飞将在,不教胡马度阴山。"

(6)"目送"句:化用晋石崇《王明君辞》:"愿假飞鸿翼,乘之以遐征。飞鸿不我顾,伫立以屏营。"

(7)"独抱"句:晋石崇《王明君辞序》:"昔公主嫁乌孙,令琵琶马上作乐,以慰其道路之思。其送明君,亦必尔也。"唐杜甫《咏怀古迹五首》诗之三:"千载琵琶作胡语,分明怨恨曲中论。"

(8)"捍拨"句:意谓昭君寂寞孤苦,靠弹琵琶以慰乡思。捍拨,是琵琶面上的护弦物。唐李商隐《和孙朴韦蟾孔雀咏》诗:"屏风临烛釦,捍拨倚香脐。"朱鹤龄注引《海录碎事》:"金捍拨在琵琶面上当弦,或以金涂为饰,所以捍护其拨也。"檀槽,指以紫檀木制成的琵琶槽。莺对舞,南朝宋范泰《鸾鸟诗序》:"昔罽宾王结罝峻祁之山,获一鸾鸟,王甚爱之,欲其鸣而不致也。乃饰以金樊,飨以珍羞。对之愈戚,三年不鸣。夫人曰:'闻鸟见其类而后鸣,何不悬镜以映之?'王从言。鸾睹影感契,慨焉悲鸣,哀响中霄,一奋而绝。"

(9) 玉筯:喻女子的眼泪。筯,筷子。

(10) 未央宫殿:即未央宫西汉宫殿名,故址在今陕西西安市西北。

【辑评】

　　[明]卓人月《古今词统》卷三:前数行,疑是元人宾白所自始。被之管弦,竟是董解元数段。

　　[近代]王国维《戏曲考原》:毛西河词话谓:"赵德麟令畤作《商调鼓子词》(均案:指《蝶恋花》),谱《西厢》传奇,为杂剧之祖。"然《乐府雅词》卷首所载秦少游、晁补之、郑彦能《调笑转踏》,首有"致语",末有"放队",每调之前有"口号诗",甚似曲本体例。

调笑令 并诗

乐昌公主

诗 曰

金陵往昔帝王州⁽¹⁾,乐昌主第最风流。
一朝隋兵到江上⁽²⁾,共抱凄凄去国愁。
越公万骑鸣箫鼓⁽³⁾,剑拥玉人天上去⁽⁴⁾。
空携破镜望红尘,千古江枫笼辇路⁽⁵⁾。

曲 子

辇路,江枫古。楼上吹箫人在否⁽⁶⁾?菱花半璧香尘污⁽⁷⁾,往日繁华何处?旧欢新爱谁是主⁽⁸⁾,啼笑两难分付⁽⁹⁾。

【总说】

此首咏乐昌公主与其夫徐德言破镜重圆故事。据唐孟棨《本事诗·情感》记载:"陈太子舍人徐德言之妻,后主叔宝之妹,封乐昌公主,才色冠绝。时陈政方乱,德言知不相保,谓其妻曰:'以君之才容,国亡必入权豪之家,斯永绝矣。倘情缘未断,犹冀相见,宜有以信之。'乃破一镜,人执其半。约曰:'他日必以正月望日卖于都市,我当在,即以是日访之。'及陈亡,其妻果入越公杨素之家,宠嬖殊厚。德言流离辛苦,仅能至京,遂以正月望日访于都市。有苍头卖半镜者,大高其价,人皆笑之。德言直引至其居,设食,具言其故,出半镜以合之,仍题诗曰:'镜与人俱去,镜归人不归。无复嫦娥影,空留明月辉。'陈氏得诗,涕泣不食。素知之,怆然改容,即召德言,还其妻,仍厚遗之,闻者无不感叹。仍与德言、陈氏偕欢,令陈氏为诗,曰:'今日何迁次?新官对旧官。笑啼俱不敢,方验做人难。'遂与德言归江南,竟以终老。"

【注释】

(1)"金陵"句:南朝齐谢朓《入朝曲》:"江南佳丽地,金陵帝王州。"金陵,即今江苏南京,曾为三国吴、东晋、宋、齐、梁、陈六朝都城。

(2)"一朝"二句:隋开皇九年(589),隋军渡江攻金陵,俘陈后主、太子、诸王及后妃公主入隋。

(3)越公:即杨素,字处道,华阴人(今属陕西)。初仕周武帝,为车骑大将军。后仕隋,高祖时进上柱国,拜御史大夫。以行军元帅率水军东下攻陈。灭陈后,进爵为越国公,任内史令。隋炀帝即位,拜司徒,改封楚国公。卒谥景武。

(4)玉人:容貌美丽的女子。唐温庭筠《杨柳枝》八首之一:"正是玉人肠断处,一渠春水赤阑桥。"天上:犹天边,皇帝所在之地,此指京城。

(5)江枫:《楚辞·招魂》:"湛湛江水兮上有枫,目极千里兮伤春心。"辇路:原指道路可乘辇而行者,此指乐昌公主被掳北去时经行之路。唐颜真卿《象魏赋》:"覆瑶草于辇路,接青槐于驰道。"

(6)"楼上"句:意谓乐昌公主与其夫徐德言分离。《列仙传》:"箫史者,秦穆公时人也,善吹箫,能致孔雀、白鹤于庭。穆公有女字弄玉,好之,公遂以女妻焉。日教弄玉作凤鸣。居数年,吹似凤声,凤凰来止其屋。公为作凤台,夫妇止其上,不下数年,一旦皆随凤凰飞去。"这里以吹箫人代指徐德言。

(7)菱花:即菱花镜,古铜镜背有花纹,映日则现光影如菱花,故称。唐骆宾王《王昭君》诗:"古镜菱花暗,愁眉柳叶颦。"璧:古代玉制礼器,扁圆形,中有圆孔。

(8) 旧欢:指前夫徐德言。新爱:指杨素。

(9) 啼笑:哭和笑。

调笑令 并诗

无 双

诗 曰

尚书有女名无双[1],蛾眉如画学新妆。
姊家仙客最明俊,舅母唯只呼王郎[2]。
尚书往日先曾许,数载暌违今复遇[3]。
闻说襄江二十年[4],当时未必轻相慕。

曲 子

相慕,无双女,当日尚书先曾许。王郎明俊神仙侣,肠断别离情苦。数年暌恨今复遇,笑指襄江归去。

【总说】

此首咏唐人小说《无双传》中无双与表兄王仙客悲欢离合故事。据薛调《无双传》记载:"建中(780—783)时中朝臣刘震之女名无双。震有姊寡居,携甥王仙客住于舅家。与无双皆幼,常戏弄相狎,震之妻常戏呼仙客为王郎。仙客之母临终时乞以无双归仙客,震许之。母死,仙客扶榇归葬于襄邓。未几,逢朱沈之乱,震以受伪命处极刑,无双没入掖庭,押赴陵园,赐药令自尽。仙客闻讯,求计于古押衙,得其帮助,无双复活,相携逃归襄江,夫妇偕老。"

【注释】

(1) 尚书：指刘震，时任尚书租庸使。

(2) 王郎：指王仙客，无双的表兄。

(3) 暌(kuí)违：分离，别离。南朝梁何逊《赠诸旧游》诗："新知虽已乐，旧爱尽暌违。"

(4) 襄江：汉水自襄阳(今湖北襄樊)以下，亦称襄江。

调笑令 并诗

灼 灼

诗 曰

锦城春暖花欲飞⁽¹⁾,灼灼当庭舞柘枝⁽²⁾。
相君上客河东秀⁽³⁾,自言那复傍人知。
妾愿身为梁上燕,朝朝暮暮长相见⁽⁴⁾。
云收月堕海沉沉,泪满红绡寄肠断⁽⁵⁾。

曲 子

肠断,绣帘卷,妾愿身为梁上燕。朝朝暮暮长相见,莫遣恩迁情变。红绡粉泪知何限?万古空传遗怨。

【总说】

此首咏唐代蜀中名妓灼灼与御史裴质的爱情故事。据宋张君房《丽情集》记载:"灼灼,锦城官妓也,善舞《柘枝》,能歌《水调》,御史裴质与之善。裴召还,灼灼每遣人以软红绡聚红泪为寄。"唐韦庄《灼灼》诗:"尝闻灼灼丽于花,云髻盘时未破瓜。桃脸曼长横绿水,玉肌香腻透红纱。"自注:"灼灼,蜀之丽人也。"

【注释】

(1)锦城:四川成都的别称,又称锦官城。唐李白《蜀道难》诗:"锦城虽云东,不如早还家。"

(2)柘(zhì)枝：舞曲名。《乐府诗集》引《乐苑》曰："羽调有《柘枝曲》，商调有《屈柘枝》，此舞因曲为名。用二女童，帽施金铃，抃转有声。其来也，于二莲花中藏，花坼而后见，对舞相占，实舞中雅妙者也。"

(3)"相君"句：意谓河东人裴质是相府上客。相君，宰相。河东，古郡名，治今山西永济。

(4)"妾愿"二句：化用南唐冯延巳《长命女》词："一愿郎君千岁，二愿妾身常健。三愿如同梁上燕，岁岁长相见。"

(5)红绡：红色薄绸，古时常作"缠头"，即赠给歌舞妓之物。唐白居易《琵琶行》："五陵年少争缠头，一曲红绡不知数。"

调笑令 并诗

盼 盼

诗 曰

百尺楼高燕子飞⁽¹⁾,楼上美人颦翠眉⁽²⁾。
将军一去音容远⁽³⁾,只有年年旧燕归。
春风昨夜来深院,春色依然人不见。
只余明月照孤眠,唯望旧恩空恋恋。

曲 子

恋恋,楼中燕,燕子楼空春日晚⁽⁴⁾。将军一去音容远,空锁楼中深怨。春风重到人不见,十二阑干倚遍⁽⁵⁾。

【总说】

此首咏唐代歌妓关盼盼故事。盼盼,即关盼盼,唐代歌妓,徐州人。据白居易《燕子楼诗序》记载:"徐州故张尚书有爱妓曰盼盼,善歌舞,雅多风态。予为校书郎时,游徐、泗间。张尚书宴予,酒酣,出盼盼以佐欢。欢甚,予因赠诗云:'醉娇胜不得,风袅牡丹花。'尽欢而去。尔后绝不相闻。追兹仅一纪矣。昨日司勋员外郎张仲素绘之访予,因吟新诗,有《燕子楼》三首,词甚婉丽。诘其由,为盼盼作也。绘之从事武宁军累年,颇知盼盼始末。云:'尚书既殁,归葬东洛,而彭城有张氏旧第,第中有小楼名'燕子'。盼盼念旧爱而不嫁,居是楼十余年。幽独决然,于今尚在。'"《唐诗纪事》

又引白居易文云:"又赠之绝句:'黄金不惜买蛾眉,拣得如花四五枝。歌舞教成心力尽,一朝身去不相随。'后仲素以余诗示盼盼,乃反复读之,泣曰:'自公薨背,妾非不能死,恐百载之后,人以我公重色,有从死之妾,是玷我公清范也,所以偷生耳。'……盼盼得诗后,怏怏旬日,不食而卒。"盼盼有《燕子楼》诗:"楼上残灯伴晓霜,独眠人起合欢床。相思一夜情多少,地角天涯不是长。"白居易和诗云:"满窗明月满帘霜,被冷灯残拂卧床。燕子楼中寒月夜,愁来只为一人长。"

【注释】

(1) 百尺楼:泛指高楼。唐刘禹锡《登陕州城北楼却寄京师亲友》诗:"独上百尺楼,目穷思亦愁。"

(2) 颦:皱眉。翠眉:女子用青黛描画过的眉毛。

(3) 将军:以前一般认为指张建封。据徐培均先生考证,按《白香山年谱》,白居易于贞元十九年(803)以拔萃选登科,二十年(804)选校书郎,元和元年(806)罢。而张建封于贞元十六年(800)殁,所谓"张尚书宴予"者,绝非建封,而是其子张愔。建封殁后,愔为留后,官徐州刺史,在徐州七年,元和初召为工部尚书。

(4) 燕子楼:张氏府中小楼,关盼盼所居之处,在徐州。苏轼元丰年间初守徐州时,有《永遇乐》词咏之曰:"燕子楼空,佳人何在?空锁楼中燕。"

(5) 十二阑干:从十二楼化出。《史记·孝武本纪》:"黄帝时,为五城十二楼。"裴骃集解引应劭:"昆仑玄圃五城十二楼,此仙人之所常居也。"

调笑令 并诗

采莲

诗曰

若耶溪边天气秋⁽¹⁾,采莲女儿溪岸头。
笑隔荷花共人语,烟波渺渺荡轻舟。
数声水调红娇晚⁽²⁾,棹转舟回笑人远⁽³⁾。
肠断谁家游冶郎⁽⁴⁾？尽日踟蹰临柳岸⁽⁵⁾。

曲子

柳岸,水清浅,笑折荷花呼女伴。盈盈日照新妆面,水调空传幽怨。扁舟日暮笑声远,对此令人肠断。

【总说】

采莲,即《采莲曲》,原为乐府旧题,多描写越女采莲的乐景。唐代李白有《采莲曲》云:"若耶溪旁采莲女,笑隔荷花共人语。日照新妆水底明,风飘香袖空中举。岸上谁家游冶郎,三三五五映垂杨。紫骝嘶入落花去,见此踟蹰空断肠。"少游此作有明显承袭之迹,但更为口语化,带有民歌色彩。

【注释】

(1)若耶溪:在会稽(今浙江绍兴)东南十四里,相传为春秋时越国美女西施浣纱之地。

（2）水调：曲调名。唐杜牧《扬州》诗："谁家唱水调？明月满扬州。"红娇：代指荷花。

（3）"棹（zhào）转"句：化用唐李白《越女词五首》之三："耶溪采莲女，见客棹歌回。笑入荷花去，佯羞不出来。"棹，桨。

（4）游冶：游赏寻欢，也特指追逐声色。

（5）踟蹰（chí chú）：徘徊缓行。

虞美人

碧桃天上栽和露[1],不是凡花数。乱山深处水萦回[2],可惜一枝如画为谁开？　轻寒细雨情何限,不道春难管[3]。为君沉醉又何妨,只恨酒醒时候断人肠。

【总说】

据徐培均先生《淮海居士长短句笺注》考证,此词约作于元祐间秦观寓京师之时。该词从字面上看是一首咏物词。《古今词话》说此词乃少游为一位名叫碧桃的贵官宠姬而作,云:"秦少游寓京师,有贵官延饮,出宠妓碧桃侑觞,劝酒倦倦。少游领其意,复举觞劝碧桃。贵官云:'碧桃素不善饮。'意不欲少游强之。碧桃曰:'今日为学士拼了一醉!'引巨觞长饮。少游即席赠《虞美人》词曰(即此词,略)。阖座悉恨。贵官云:'今后永不令此姬出来!'满座大笑。"如作为一首席间赠姬之作,此词可谓咏花、咏人两相宜,含蓄又得体。

【注释】

(1)"碧桃"二句:语义双关,以碧桃树喻碧桃姿容出众。化用唐高蟾《下第后上永崇高侍郎》诗:"天上碧桃和露种,日边红杏倚云栽。"碧桃,一种不结实专供赏花或药用的桃树。

(2)萦回:盘旋往复。唐李白《鲁东门泛舟二首》之二:"日落沙明天倒开,波摇石动水萦回。"

(3)"不道"句:谓春事不由人作主。不道,不知,不觉。唐李商隐《赠歌妓》诗:"只知解道春来瘦,不道春来独自多。"

【辑评】

　　[明]沈际飞《草堂诗馀续集》:(上片)崔护《桃花》诗旨。抑扬百感。

虞 美 人

行行信马横塘畔⁽¹⁾,烟水秋平岸。绿荷多少夕阳中,知为阿谁凝恨背西风?⁽²⁾　红妆艇子来何处⁽³⁾?荡桨偷相顾。鸳鸯惊起不无愁,柳外一双飞去却回头。

【总说】

这首词写的是少游信马横塘时的所见所思。少游擅长捕捉一种瞬间美的图景,并借此传达一种难以言传的意趣。绿荷凝恨,少女的"偷相顾",鸳鸯惊起却回头,这些细腻生动的细节,含蓄地写出了词人心底的情思。

【注释】

(1) 横塘:古堤名,一为吴大帝孙权建,在建业(今江苏南京),即唐崔颢《长干曲》之一"君家住何处?妾住在横塘"之横塘,二在吴县(今江苏苏州吴中区、相城区)西南,即宋贺铸《青玉案》词"凌波不过横塘路"之横塘。此处系泛指水塘。

(2) "绿荷"二句:化用唐杜牧《齐安郡中偶题二首》诗:"多少绿荷相倚恨,一时回首背西风。"阿谁,谁,何人。

(3) 红妆:指女子。

点 绛 唇

醉漾轻舟,信流引到花深处[1]。尘缘相误[2],无计花间住[3]。烟水茫茫[4],千里斜阳暮。山无数,乱红如雨[5],不记来时路。

【总说】

这首词咏刘晨、阮肇误入桃源遇仙女故事。刘阮遇仙,晋干宝《搜神记》、陶潜《搜神后记》、宋刘义庆《幽明录》、梁吴均《续齐谐记》等都有记载。汉明帝永平五年(62),剡人刘晨、阮肇入天台山采药迷路,出大溪,遇两女,唤刘阮姓名,因过其家,二人就女止宿,半年后告辞回故里,才知人间已隔七世(或作十世)。晋太元八年(383),两人因思念仙女回来沿溪寻找,却再也找不到了,两人怅然若失,徘徊溪边,不知所终。此词与遇仙故事的内容相配合,叙事含蓄,意境空灵。在内在意蕴上又超越了刘阮遇仙故事的局限,融入个人身世之感,"尘缘相误"有随世浮沉,不能栖身桃源的惆怅,"不记来时路"又有他仕途坎坷,欲归不得的人生写照。

【注释】

(1) 信流:随水而流。唐刘长卿《寻张逸人山居》诗:"桃源定在深处,涧水浮来落花。"

(2) 尘缘:佛教指色、声、香、味、触、法六尘为尘缘。因六尘乃是心的所缘,能染污心性,故称尘缘。唐韦应物《春月观省属城始憩东西林精舍》诗:"佳士亦栖息,善身绝尘缘。"

(3) 花间:指刘晨、阮肇遇仙的天台山桃源。

(4)烟水茫茫：唐白居易《海漫漫》诗："蓬莱今古但闻名,烟水茫茫无觅处。"

(5)乱红如雨：唐李贺《将进酒》诗："况是青春日将暮,桃花乱落如红雨。"

【辑评】

［明］沈际飞《草堂诗馀》正集卷一：如画。

点 绛 唇

月转乌啼⁽¹⁾,画堂宫徵生离恨⁽²⁾。美人愁闷,不管罗衣褪⁽³⁾。清泪斑斑,挥断柔肠寸。嗔人问⁽⁴⁾,背灯偷揾⁽⁵⁾,拭尽残妆粉。

【总说】

这是一首描写美人闲愁的词。该词着意于描绘美人的情态:月夜画堂中弹拨着琴弦的美人,无心装饰,罗衣不整,兴味阑珊。她清泪斑斑,因怀人而哭泣,却羞于人问,背身偷偷揾去了泪珠。通过白描式的刻画,一位娇媚、多情、哀愁又矜持的美人形象跃然纸上,可见少游抒情写意手法的高妙。

【注释】

(1) 月转乌啼:唐张继《枫桥夜泊》诗:"月落乌啼霜满天,江枫渔火对愁眠。"

(2) 宫徵(zhǐ):古代音乐称宫、商、角、徵、羽、变宫、变徵为七声,此处"宫徵"泛指乐曲。

(3) 褪(tùn):卸衣,宽衣。宋徐璹《春日醉中作》诗:"美人睡起怯余寒,衣褪香消红减玉。"

(4) 嗔(chēn):不满,怪罪。宋张元幹《长相思》词:"香暖帏,玉暖肌,娇卧嗔人来睡迟。"

(5) 偷揾(wèn):偷偷拭泪。

临 江 仙

千里潇湘挼蓝浦⁽¹⁾,兰桡昔日曾经⁽²⁾。月高风定露华清。微波澄不动,冷浸一天星⁽³⁾。　　独倚危樯情悄悄⁽⁴⁾,遥闻妃瑟泠泠⁽⁵⁾。新声含尽古今情。曲终人不见,江上数峰青⁽⁶⁾。

【总说】

据徐培均先生《淮海居士长短句笺注》考证,这首词作于宋绍圣三年(1096)少游自处州徙郴州途中夜泊湘江时。该词首二句写贬谪的词人乘船行经清澈如蓝的千里湘江,犹如步当年屈原足迹。接着三句写泊湘江夜景,描绘了一幅幽冷凄清的江天画面。特别是"微波澄不动,冷浸一天星"二句,新颖别致,为传诵一时之名句。词的下片写情。词人独对漠漠湘江想到舜帝二妃,遥闻似幻似真的泠泠瑟声,想到自己仕途多蹇的悲凉,"新声含尽古今情"将古今的悲剧与哀伤联系起来。词末两句全用钱起成句入词,但用得恰到好处,毫无斧凿之痕,清莹高洁,从中可感受到词人的无奈与落寞。该词通篇寓情于景,意境凄清淡远。

【注释】

(1) 挼(ruó)蓝:形容江水的清澈。古代揉搓蓝草以取青色染料,故称,也作揉蓝。挼,揉搓。

(2) 兰桡(ráo):木兰树造的桨,一般用作桨的美称,也多用作小舟的美称,犹言兰舟。桡,船桨。梁简文帝《采莲曲》:"桂楫兰桡浮碧水,江花玉面两相似。"曾经:曾经经过。指这一带正是当年屈原扁舟所经之地。

(3)"冷浸"句：宋欧阳修《西江月》词："月映长江秋水，分明冷浸星河。"

(4)危樯：高耸的船桅。唐杜甫《旅夜书怀》诗："细草微风岸，危樯独夜舟。"悄悄(qiǎo)：忧伤的样子。《诗经·邶风·柏舟》："忧心悄悄，愠于群小。"

(5)妃瑟：指舜妃娥皇、女英弹瑟的乐音。传说舜的两个妃子娥皇、女英哭帝舜南巡而死，投九疑山舜所葬处附近的湘水以殉。又传二妃善于鼓瑟，《楚辞·远游》："使湘灵鼓瑟兮，令海若舞冯夷。"

(6)"曲终"二句：用唐钱起《省试湘灵鼓瑟》诗末的成句。

【辑评】

[宋]吴曾《能改斋漫录》卷十六：唐钱起《湘灵鼓瑟》诗末句："曲终人不见，江上数峰青。"秦少游尝用以填词云(词略)。滕子京亦尝在巴陵，以前两句填词云："湖水连天天连水，秋来分外澄清。君山自是小蓬瀛，气蒸云梦泽，波撼岳阳城。帝子有灵能鼓瑟，凄然依旧伤情。微闻兰芷动芳馨。曲终人不见，江上数峰青。"

[宋]吴炯《五总志》：潭守宴客合江亭，时张才叔在座，令官妓悉歌《临江仙》。有一妓独唱两句云："微波浑不动，冷浸一天星。"才叔称叹，索其全篇。妓以语告之："贱妾夜居商人船中，邻舟一男子，遇月色明朗，即倚樯而歌，声极凄怨。但以苦乏性灵，不能尽记。但助以一二同列，共往记之。"太守许焉。至夕，乃与同列饮酒以待。果一男子，三叹而歌。有赵琼者，倾耳堕泪曰："此秦七声度也！"赵善讴，少游南迁，经从一见而悦之。商人乃遣人问讯，即少游灵舟也。其词曰(略)。崇宁乙酉，张才叔过荆州，以语先子，乃相与叹息曰："少游了了，必不致沉滞恋此坏身，似有物为之。然词

语超妙,非少游不能作,抑又可疑也。"

[清]杜文澜《憩园词话》卷一:诗之幽瘦者,宋人均以入词,如"曲终人不见,江上数峰青"一联,秦少游直录其语。若是者不少,是在填词家善于引用,亦须融会其意,不宜全录其文。总之,词以纤秀为佳,凡使气、使才、矜奇、矜僻,皆不可一犯笔端。

[清]万树《词律》卷八:两起,七字。两结,五字二句。按淮海又一词,与此同,但前结五字两句,后结一四一五,恐无此体,必系落一字者,故不录。起句"接蓝浦",用仄平仄,虽或不妨,然亦不必学。《惜香》有云:"仙源正闲散。"龙洲有云:"谁知清凉意思。"皆或系败笔,或系讹刻,无此例也。

好 事 近

梦 中 作

春路雨添花,花动一山春色。行到小溪深处,有黄鹂千百。飞云当面化龙蛇,夭矫转空碧(1)。醉卧古藤阴下,了不知南北(2)。

【总说】

  据徐培均先生《淮海居士长短句笺注》考证,少游于宋绍圣元年(1094)贬监处州酒税,至宋绍圣三年(1096)岁暮徙郴州,这首词盖作于宋绍圣三年(1096)春天。此词名扬于时。苏轼有题跋云:"供奉官莫君沔官湖南,喜从迁客游,尤为吕元钧所称;又能诵少游事甚详,为予道此词至流涕。乃录本使藏之。"黄庭坚跋此词云:"少游醉卧古藤下,谁与愁眉唱一杯? 解作江南断肠句,只今惟有贺方回。"该词系写梦境。起首二句,写春路、春雨、春花、春山、春色,环环相扣,清新明丽。"行到"一句,与首句相应,愈行愈奇,"有黄鹂千百"给人以梦境感。下片写云舞龙蛇的姿态与词人"醉卧古藤阴下"的闲淡。"醉卧"二句,创造了一种无我之境,因蕴含着丰富的人生体验而成为千古名句。整首词出语奇警,笔势飞舞,意境幽绝。

【注释】

  (1)夭矫:屈伸自如。汉张衡《思玄赋》:"偃蹇夭矫,娩以连卷兮。"

(2)了不知：完全不知道。此写一种忘我之境。

【辑评】

［宋］胡仔《苕溪渔隐丛话》前集卷五十引惠洪《冷斋夜话》：秦少游在处州，梦中作长短句曰："山路雨添花……"后南迁，久之，北归，逗留于藤州，遂终于瘴江之上光华亭。时方醉起，以玉盂汲泉欲饮，笑视之而化。

［宋］赵令畤《侯鲭录》卷七：秦少游、贺方回相继以歌诗知名。少游有词云："醉卧古藤阴下，了不知南北。"其后迁谪，卒于藤州光华亭上。方回亦有词云："当年曾到王陵铺，鼓角秋风，千岁辽东，回首人间万事空。"后卒于北门，门外有王陵铺云。

［宋］阮阅《诗话总龟》前集卷九：贺方回初作《青玉案》词，遂知名，其间有云："彩笔新题断肠句。"后山谷有诗云："少游醉卧古藤下，谁作诗歌送一杯？解道江南断肠句，只今惟有贺方回。"盖载《青玉案》事。

［宋］魏庆之《诗人玉屑》卷二十一引《冷斋夜话》：贺方回妙于小词，吐语皆蝉蜕尘埃之表。……山谷尝手写所作《青玉案》者，置之几研间，时自玩味。曰："凌波不过横塘路，但目送飞鸿去。锦瑟华年谁与度？小桥幽径，绮窗朱户，只有春知处。　碧云冉冉衡皋暮，彩笔空题断肠句。试问离愁都几许？一川烟草，满城风絮，梅子黄时雨。"山谷云："此词少游能道之，作小诗曰：'少游醉卧古藤下，无复愁眉唱一杯。解道江南断肠句，而今惟有贺方回。'"

［宋］吴子良《荆溪林下偶谈》卷一：张祜有诗云："故国三千里，深宫十二年。"故杜牧云："可怜故国三千里，虚唱宫词满六宫。"郑谷亦云："张生有国三千里，知者惟应杜紫薇。"秦少游有词云："醉卧古藤阴下。"故山谷云："少游醉卧古藤下，谁与愁眉唱一杯？解作江南断肠句，只今唯有贺方回。"正与杜、郑意同。

［明］徐士俊《古今词统》卷五：曹唐偶咏"水底有天春漠漠，人间无路月茫茫"，遂卒于僧舍。少游此词如鬼如仙，固宜不久。

［明］沈际飞《草堂诗馀》续集卷上：（过片）偶书所见。（结尾）白眼看世之态。酷似鬼词，宜其卒于藤州。

［明］陆云龙《词菁》卷二眉批：奇峭。

［清］陈廷焯《词则·别调集》卷一：笔势飞舞。

［现代］龙榆生《研究词学之商榷》二《批评之学》：例如前节所举之《千秋岁》，与下列之梦中作《好事近》（词略），其出笔之险峭，声情之悽厉，较之集中其他诸作，判若两人。此环境之转移，有关于词格之变化者也。

如 梦 令

莺嘴啄花红溜(1),燕尾点波绿皱。指冷玉笙寒(2),吹彻小梅春透(3)。依旧,依旧,人与绿杨俱瘦。

【总说】

这首词一本词调下有词题"春景",显然是抒伤春怀人之思。首二句直笔写春,色调秾艳。三四句渐转作悲苦语,"依旧,依旧,人与绿杨俱瘦"是为点题之笔,表达了抒情主人公在春色渐老中的失意与惆怅。该词写景雕琢新巧,"溜"写花红艳欲滴,"皱"字绘水波涟漪之貌,"瘦"字状人憔悴之态,新鲜奇特,形象生动。但用词也略显过于尖新,不够自然。

【注释】

(1) 红溜:指花红润滑溜。

(2) "指冷"句:化用南唐李璟《山花子》词:"细雨梦回鸡塞远,小楼吹彻玉笙寒。"玉笙,饰玉的笙,亦用为笙之美称。南朝梁刘孝威《奉和简文帝太子应令》:"园绮随金辂,浮丘侍玉笙。"

(3) 小梅:乐曲名。唐《大角曲》里有《大梅花》、《小梅花》等曲。

【辑评】

[明]杨慎批《草堂诗馀》卷一眉批:意想妙甚,然春柳恐未必瘦。"指冷玉笙寒"二句,翻李后主"小楼吹彻玉笙寒"句。

[明]李攀龙《草堂诗馀隽》卷一眉批：用字妍巧，寓意咏叹。评：闻笛怀人，似梦中得句来。

[明]沈际飞《草堂诗馀》卷一眉批：琢句奇峭。春柳未必瘦，然易此字不得。

[明]王世贞《弇州山人词评》：美成"晕酥砌玉"，鲁直"莺嘴啄花红溜，燕尾点波绿皱"，俱为险丽。

[清]沈雄《古今词话·词品》下卷：王世贞曰：谢冕仲"染云为幌"，周美成"晕酥砌玉"，秦少游"莺嘴啄花红溜"，蒋竹山"灯摇缥晕茸窗冷"，的是险丽矣，觉斧痕犹在；未若王通叟《踏青游》诸什，真犹石厨香尘，汉皇掌上也。又："莺嘴啄花红溜，燕尾点波绿皱"，秦少游《如梦令》句，《吹剑录》曰："咏物形似，而少生动，与'红杏枝头'费如许气力。"

[清]陈廷焯《词则·大雅集》卷二：（结句）映起章首句，亦申明五、六章之意。

[现代]程千帆、吴新雷《两宋文学史》：（秦观）的令词仍走晏、欧的传统路子，但风格不同。如《如梦令》：（词略）显示作者善于即景抒情，用辞精确。这类作品可以媲美五代北宋诸名家。

木兰花慢

过秦淮旷望⁽¹⁾,迥萧洒⁽²⁾,绝纤尘。爱清景风蛩⁽³⁾,吟鞭醉帽⁽⁴⁾,时度疏林。秋来政情味淡⁽⁵⁾,更一重烟水一重云。千古行人旧恨,尽应分付今人⁽⁶⁾。　　渔村,望断衡门⁽⁷⁾。芦荻浦⁽⁸⁾,雁先闻。对触目凄凉,红凋岸蓼,翠减汀蘋⁽⁹⁾。凭高正千嶂黯⁽¹⁰⁾,便无情、到此也销魂。江月知人念远,上楼来照黄昏。

【总说】

据秦瀛《淮海先生年谱》考证,熙宁九年(1076)少游曾同孙莘老、参寥子访漳南老人于历阳,浴汤泉,游龙洞,谒项羽庙,归时当经秦淮。此词似为归时之作。上片写过秦淮所见清景。下片写登高念远,触目凄迷。整首词通过清雅悠远的景色描写,凄美幽清的意境营造,很好地烘托了词人心中的无限怅惘。

【注释】

(1) 秦淮:秦淮河,在今江苏南京。旷望:极目远望。南朝齐谢朓《郡内高斋闲望答吕法曹》诗:"结构何迢递,旷望极高深。"

(2) 萧洒:萧瑟冷清的样子。唐杜甫《玉华宫》诗:"万籁真笙竽,秋色正萧洒。"

(3) 风蛩(qióng):指风中蟋蟀的叫声。蛩,蟋蟀。

(4) 吟鞭:诗人的马鞭,或今诗时执持的马鞭。

(5) 政:正。

(6) 分付：交给。

(7) 衡门：横木为门，指简陋的房屋。《诗经·陈风·衡门》："衡门之下，可以栖迟。"

(8) 芦荻(dí)：两种生于水滨的长叶禾本科植物。唐刘禹锡《西塞山怀古》诗："今逢四海为家日，故垒萧萧芦荻秋。"浦：水滨。

(9) "红凋"二句：宋柳永《八声甘州》词："是处红衰翠减，冉冉物华休。"蓼(liǎo)，一年生草本植物，叶披针形，花小，白色或浅红色，生长在水边或水中。茎叶味辛辣，可用以调味。汀，水边或水中平地。蘋，一年生草本植物，浮生水面，开白花。

(10) 嶂：形容高险像屏障的山。

御 街 行

　　银烛生花如红豆⁽¹⁾,这好事、而今有。夜阑人静曲屏深,借宝瑟、轻轻招手。可怜一阵白蘋风⁽²⁾,故灭烛、教相就。　　花带雨、冰肌香透⁽³⁾。恨啼鸟、辘轳声晓⁽⁴⁾,晓岸柳,微风吹残酒⁽⁵⁾。断肠时、至今依旧。镜中消瘦。那人知后,怕你来僝僽⁽⁶⁾。

【总说】

　　这是首艳情词。关于这首词的本事,宋杨湜《古今词话》云:"秦少游在扬州,刘太尉家出姬侑觞。中有一姝,善擘箜篌。此乐既古,近时罕有其传,以为绝艺。姝又倾慕少游之才名,偏属意。少游借箜篌观之。既而主人入宅更衣,适值狂风灭烛,姝来且亲,有仓卒之欢。且云:'今日为学士瘦了一半。'少游因作《御街行》以道一时之景。"关于此传说之真伪,徐培均先生云:"少游熙宁年间(1068—1077)常往来于扬州。《年谱》谓:会苏公自杭倅徙知密州,道经维扬,先生预作公笔语,题于一寺中。公见之大惊,及晤孙莘老,出先生诗词数百篇,读之,叹曰:'向书壁者,必此郎也。'遂结神交。是时已有才名,且年轻,故可能有此韵事。"

【注释】

　　(1)红豆:红豆树的子实,此喻灯花,用以象征爱情。唐王维《相思》诗:"红豆生南国,春来发几枝?愿君多采撷,此物最相思。"

　　(2)白蘋(pín):一种水草。《尔雅》:"萍,其大者曰蘋。"

(3)花带雨:唐白居易《长恨歌》:"玉容寂寞泪阑干,梨花一枝春带雨。"

(4)辘轳(lù lu):利用轮轴原理制成的牵引水桶自井中汲水的装置。

(5)"晓岸"句:化用宋柳永《雨霖铃》词:"今宵酒醒何处?杨柳岸、晓风残月。"

(6)僝僽(chánzhòu):折磨。宋黄庭坚《宴桃源·书赵伯充家小姬领巾》词:"天气把人僝僽,落絮游丝时候。"

阮 郎 归

春风吹雨绕残枝,落花无可飞。小池寒绿欲生漪⁽¹⁾,雨晴还日西。　帘半卷,燕双归,讳愁无奈眉⁽²⁾。翻身整顿著残棋,沉吟应劫迟⁽³⁾。

【总说】

此词《淮海居士长短句》不载,录自《草堂诗馀》正集卷一。上片写景,首二句描绘了一幅残春景象:花枝凋零,风雨吹打,残红满地,渗透着惜春伤春的哀婉情调。三、四两句写雨晴日西,"小池寒绿欲生漪"造语新警,意境深远。下片写人。以"燕双归"反衬伊人的形单影只,"讳愁无奈眉"道其想隐瞒心事,却情不自禁地从眉目之间流露了出来。"翻身"二句通过伊人的动作,生动准确地写出了她的百无聊赖与无可排遣的哀愁。该词辞旨清婉凄楚,妙在含蓄而不说破。

【注释】

(1) 漪(yī):微波水纹。

(2) "讳愁"句:意谓她想隐瞒内心的忧愁却情不自禁地双眉紧锁。讳,隐瞒。

(3) 应劫:犹应敌。弈棋时棋局上紧迫的一着称"劫"。《水经·淮水注》:"局上有劫应甚急。"

【辑评】

[明]李攀龙《草堂诗馀隽》卷二眉批:以春花点春景,以春燕

触春情,情景逼真。评:落花归燕,俱是抚景伤情之语。

[明]徐士俊《古今词统》卷六:"讳愁"五字,不知费多少安顿。

[明]段斐君本《淮海词》徐渭评:"沉吟应劫迟",便是元人乐府句。

[明]杨慎批《草堂》卷一眉批:眉不掩愁,棋不消愁,愁来何处著。评:"讳愁无奈眉",写想深慧。

《类编草堂诗馀》卷一:既已整顿,终不禁应劫之迟,真写生手!应劫,犹言"应敌"。

[清]王士禛《花草蒙拾》:"东风无气力",五字妖甚;如"落花无可飞",便不佳。

[清]黄苏《蓼园词选》:按此词疑少游坐党(籍)被谪后作,言己被谪而众谤尚交搆也。"绕"字有纠缠不已之意。风雨相逼,至无花可飞,则惨怛甚矣。池欲生漪,亦"吹皱一池"之意也。"日西",言日已暮而时已晚也。"整顿残棋"而"应劫迟",言欲求伸而无心于应敌也。辞旨清婉凄楚。结束"沉吟"二字,妙在尚有含蓄。

画 堂 春

　　东风吹柳日初长[1]。雨余芳草斜阳[2],杏花零落燕泥香[3]。睡损红妆[4]。　　宝篆烟消龙凤[5],画屏云锁潇湘[6]。夜寒微透薄罗裳,无限思量。

【总说】

　　这是首写春闺思远的词。上片写暮春景色。首二句,东风吹柳,春日渐长,为美人春困渲染气氛。"杏花"二句,既写花又写人,杏花零落,美人慵懒,青春易逝,美景难再。下片写离人愁思。屏画潇湘,白云深锁,寒夜无眠,闺中人无限思量。全词以景衬人,抒情婉转细腻。

【注释】

　　(1) 日初长:意谓春天来临,白昼开始变长。

　　(2) "雨余"句:化用唐温庭筠《菩萨蛮》词:"雨后却斜阳,杏花零落香。"雨余,雨后。

　　(3) 燕泥:燕子营巢所衔的泥。

　　(4) 睡损红妆:语意双关。实写闺人睡起慵困貌;用拟人法写杏花零落状。睡损,睡中弄花了妆容。

　　(5) "宝篆"句:意谓独居的时候百无聊赖。唐宋时用香料做成篆文形状,点其一端,依香上的篆形印记,烧尽计时。也有做成龙凤形的,点燃后,烟篆四散,龙凤形也逐渐消失。据宣州石刻记载:"(宋代)熙宁癸丑岁,时待次梅溪始作百刻香印以准昏晓,又增置午夜香刻。"

(6)"画屏"句：画屏上的潇湘图景。潇湘，湖南潇水、湘水一带。

【辑评】

[明]《类编草堂诗馀》卷一引宋杨湜《古今词话》：少游《画堂春》"雨余芳草斜阳，杏花零落燕泥香"之句，善于状景物。至于"香篆暗消鸾凤，画屏萦绕潇湘"二句，便含蓄"无限思量"意思。此其有感而作也。

[明]杨慎《草堂》批语：情景兼至。

[明]李攀龙《草堂诗馀隽》卷四眉批：句句写景入画。言少而意甚多。

[明]沈际飞《草堂诗馀》正集卷一："杏花零落香"，"为怜流去落红香，啣将归画梁"（曾觌《阮郎归》词），秦以一句出蓝。"萦绕潇湘"，画中之画。"宝篆烟消鸾凤，画屏云锁潇湘"，亦妙！

[清]李调元《雨村词话》卷一：秦少游《淮海集》，首首珠玑，为宋一代词人之冠。今刊本多以山谷作杂之。黄九之不逮秦七，古人已有定评，岂容溷入？如《画堂春》词（词略），气薄语纤，此山谷十六岁作也，不应杂入。

[清]许昂霄《词综偶评》：高丽！直可使耆卿、美成为舆台矣。

[近代]王国维《人间词话》附陈乃乾录自观堂旧藏《词辨》眉批：温飞卿《菩萨蛮》："雨后却斜阳，杏花零落香。"少游之"雨余芳草斜阳，杏花零落燕泥香"，虽自此脱胎，而实有出蓝之妙。

海 棠 春(1)

流莺窗外啼声巧(2),睡未足、把人惊觉。翠被晓寒轻(3),宝篆沉烟袅。　　宿醒未解双娥报(4),道别院、笙歌宴早。试问海棠花,昨夜开多少(5)?

【总说】

该词一本题作"春晓",写女子的春睡。从"宿醒未解双娥报"一句来看,这是一首宫词。清人洪昇《长生殿》第四出《春睡》中,有一个曲牌《海棠春》,全引少游此词,用以形容杨贵妃"春宵苦短日高起"的娇媚。该词首二句写春光绮丽与美人的慵倦。"翠被"二句写室内陈设,"晓寒轻"之"轻"字用的极好。下片写美人与宫娥的对答。笙歌酒醒描绘出一种奢华的生活。"试问海棠花,昨夜开多少"宕开一笔,从美人过问屋外芳菲的多少,隐约传达出一种幽微的情愫。全词语意曲折,风格婉媚。

【注释】

(1) 海棠春:词调名,始自秦观。

(2) 流莺:黄莺,因其鸣声流利,故称。唐李白《待酒不至》诗:"晚酌东窗下,流莺复在兹。"

(3) 翠被:织有或绣有翡翠纹饰的被子。南朝梁何逊《嘲刘郎》诗:"稍闻玉钏远,犹怜翠被香。"

(4) 宿醒(chéng):宿醉。醒,中酒,醉酒。汉徐幹《情诗》:"忧思连相属,中心如宿醒。"双娥:两个丫鬟。

(5)"试问"句：可与宋李清照《如梦令》"试问卷帘人，却道海棠依旧。知否？知否？应是绿肥红瘦"参看。

【辑评】

[明]李攀龙《草堂诗馀隽》卷一眉批："宿酲"承"睡未足"来，何等脉络！评：流莺唤睡，海棠独醒，情景恍在一盼中。

[明]沈际飞《草堂诗馀》正集卷一："睡未足，把人惊觉"眉批：再睡，不几负花耶？误！"试问海棠花，昨夜开多少"眉批：媚杀！

[清]陈廷焯《词则·闲情集》卷一："睡未足"句，终嫌俚浅。

忆 秦 娥[1]

暮云碧,佳人不见愁如织[2]。愁如织,两行征雁[3],数声羌笛[4]。　锦书难寄西飞翼[5],无言只是空相忆。空相忆,纱窗月淡,影双人只[6]。

【总说】

"秦娥"本指秦穆公之女弄玉。汉《刘向·列仙传》卷上《萧史》记载,萧史善吹箫,作凤鸣。秦穆公以女弄玉妻之,作凤楼,教弄玉吹箫,感凤来集,弄玉乘凤、萧史乘龙,夫妇同仙去。后常用《忆秦娥》词调写相思,少游此词便是一首月夜忆佳人的情词。

【注释】

(1) 忆秦娥:词调名,与《菩萨蛮》为词中尤古者,宋郑樵《通志》云:"二词为百代词曲之祖。"此调最早出自宋黄昇《唐宋诸贤绝妙词选》,据称作者是李白,因词中有"秦娥梦断秦楼月",故名《忆秦娥》。

(2) "暮云"二句:化用南朝梁江淹《杂体三十首·休上人怨别》:"日暮碧云合,佳人殊未来。"

(3) 征雁:迁徙的鸿雁,多指秋天南飞的鸿雁。南朝梁刘潜《从军行》诗:"木落雕弓燥,气秋征雁肥。"

(4) 羌笛:也称羌管,东汉马融《长笛赋》:"近世双笛从羌起,羌人伐竹未及已,龙吟水中不见已,截竹吹之声相似……故本四孔加以一。"在唐时是边塞所用乐器,音色高亢,并带有悲凉之感。唐王之涣《出塞》诗:"羌笛何须怨杨柳,春风不度玉门关。"

(5)"锦书"句:意谓与所思之人音讯难通。锦书,多用以指妻子给丈夫表达思念之情的书信。《晋书·列女传》:"窦滔妻苏氏,始平人也,名蕙,字若兰,善属文。滔,苻坚时为秦州刺史,被徙流沙,苏氏思之,织锦为回文旋图诗以赠滔。宛转循环以读之,词甚凄惋。"西飞翼,代指鸿雁传书。

(6)人只:孤身一人。只,单,单独。

【辑评】

[明]卓人月《古今词统》卷五:结语简隽。

菩萨蛮

金风萩萩惊黄叶⁽¹⁾,高楼影转银蟾匝⁽²⁾。梦断绣帘垂,月明乌鹊飞⁽³⁾。 新愁知几许?欲似柳千缕。雁已不堪闻⁽⁴⁾,砧声何处村⁽⁵⁾?

【总说】

这是一首写秋闺念远的词。上片写秋夜深闺景色。首二句描绘了秋夜黄叶纷飞,月照高楼的景象,为全词定下低沉落寞的基调。"梦断"二句,写闺中人深夜孤眠,梦断罗帏之所见。下片抒闺中人之愁怨。"新愁知几许?欲似柳千缕"写愁新颖形象。"雁已"两句以何处捣衣声作结,含蓄地点出怀人的主旨。全词脉络井然,词情深曲动人。

【注释】

(1) 金风:秋风。秋于五行属金,故称。萩萩:象声词。宋文同《咏竹》诗:"月娥巾帔静冉冉,风神笙竽清簌簌。"

(2) 银蟾:月亮的别称。《后汉书·天文志》注:"羿请无死之药于西王母,姮娥窃以奔月,是谓蟾蜍。"后遂称月为蟾。唐白居易《中秋月》诗:"照他几许人肠断,玉兔银蟾远不知。"

(3) "月明"句:汉曹操《短歌行》诗:"月明星稀,乌鹊南飞。绕树三匝,何枝可依?"

(4) "雁已"句:唐李顾《送魏万之京》诗:"鸿雁不堪愁里听,云山况是客中过。"

(5)砧声：捣衣声。入秋要为行人准备寒衣，故有捣衣声。唐吕温《闻砧有感》诗："秋月三五夜，砧声满长安。"

【辑评】

［明］李攀龙《草堂诗馀隽》卷四眉批：色色入愁，声声致憾。

［明］沈际飞《草堂诗馀》正集卷一：秋枕黄叶，无情物耳；用两惊字，无情生情。

［明］陆云龙《词菁》卷二眉批：种种可怜。

［清］黄苏《蓼园词选》：按"匝"字从"转"生来，匹月由东而西、转于高楼之上者，已匝也。通首亦清微澹远。

图书在版编目（CIP）数据

秦少游词精品/谢燕编注. —上海：华东师范大学出版社，2013.8
（秦少游诗词文精品）
ISBN 978-7-5675-1143-9

Ⅰ.①秦… Ⅱ.①谢… Ⅲ.①宋词—选集
Ⅳ.① I222.844

中国版本图书馆 CIP 数据核字(2013)第 198445 号

秦少游诗词文精品
秦少游词精品

编 注 者	谢　燕
项目编辑	庞　坚
审读编辑	袁　方
装帧设计	黄惠敏

出版发行	华东师范大学出版社
社　　址	上海市中山北路 3663 号　邮编 200062
网　　址	www.ecnupress.com.cn
电　　话	021-60821666　行政传真 021-62572105
客服电话	021-62865537　门市(邮购)电话 021-62869887
地　　址	上海市中山北路 3663 号华东师范大学校内先锋路口
网　　店	http://hdsdcbs.tmall.com/
印 刷 者	上海华大印务有限公司
开　　本	890×1240　32 开
印　　张	5
字　　数	101 千字
版　　次	2013 年 10 月第 1 版
印　　次	2014 年 4 月第 2 次
书　　号	ISBN 978-7-5675-1143-9/I·1029
定　　价	15.00 元

出 版 人　朱杰人

（如发现本版图书有印订质量问题，请寄回本社客服中心调换或电话 021-62865537 联系）